OI TO SHUNO

© Yoko Mure 2017

First published in Japan in 2017 by KADOKAWA CORPORATION, Tokyo.
Korean translation rights arranged with KADOKAWA CORPORATION, Tokyo
through Danny Hong Agency.

이 도서의 국립중앙도서관 출판예정도서목록(CIP)은
서지정보유통지원시스템 홈페이지(http://seoji.nl.go.kr)와
국가자료종합목록 구축시스템(http://kolis-net.nl.go.kr)에서 이용하실 수 있습니다.
(CIP제어번호 : CIP2020011880)

나이듦과
수납

무레 요코 지음
박정임 옮김

문학동네

차례

드디어 버렸다

"아아, 빨리 버려야 하는데"라고 말만 할 뿐 집안에 쌓인 잡다한 물건을 보며 오랫동안 한숨만 쉬다가 결국 무거운 엉덩이를 들 수밖에 없는 순간이 찾아왔다. 2016년 1월 초부터 맨션에서 대규모로 보수공사를 진행하는데 그때 베란다 방수 도장도 할 터이니 베란다에 쌓인 물건을 전부 치우고 청소해두라고 집주인에게 연락이 왔다. 이제 어찌해서든 정리하는 수밖에 없다.

옆집 친구의 베란다를 엿보니 나름 정리가 된 듯하다. 그러나 나는 방을 차지하고 있던 불필요한 물건을 가전 폐기물로 배출해야 했지만 기력이 없어서 전부 베란다에 처박아둔 상태였다. 일상생활을 하면서는 눈에 보이지 않는 장소로 분산해둔 것이다. 그걸 전부 정해진 날까지 치워야만 한다. 조금씩 배출하는 건 절대로 무리다. 애초에 그게 가능했다면 불필요한 물건이 이렇게나 쌓일 리가 없다.

"이건 한 번에 처분할 수밖에 없어."

옆집 친구에게도 "마지막 기회니까 같이 정리하자"라고 전하고, 일층에 사는 집주인에게 가서 "한 달 후에 버릴 물건들을 내놓으려는데 혹시 엘리베이터 점검을 한다거나 못 쓰는 날이 있나요?" 하고 물었다.

"점검은 얼마 전에 했으니 한두 달 사이에는 괜찮습니다. 불필요한 물건은 저희가 버려드릴게요."

선량한 집주인은 그렇게 말해주었지만, 그건 실태를 몰라서 하는 소리다.

"아니에요, 엄청 많거든요. 20년 이상 미뤄뒀더니…… 트럭을 부르기로 했으니까 날짜가 정해지면 다시 연락드리겠습니다."

집주인에게 인사를 하고 돌아와서는 폐기물처리업체를 잘 아는 여성 지인에게 연락을 부탁했다.

"드디어 결심이 섰군요."

그녀는 웃으면서 업체에 전화를 걸어 사정을 이야기하고는 밝은 목소리로 "잘 부탁해~" 하며 전화를 끊었다.

"일이 밀려 있긴 한데 한 달 후면 괜찮대. 2톤 트럭을 보내준다네."

한 달 후면 드디어 불필요한 물건을 정리하겠구나 싶어 일단 마음이 놓였지만, 앞으로 한 달 동안 어떡해서든 반드시 끝내야만 하는 과제가 생긴 셈이다. 일도 병행하면서 말이다.

일반적인 재활용쓰레기나 불연성쓰레기로는 내놓을 수 없는 물건, 모호한 물건을 처분하자고 기준을 세웠다. 불필요한 물건은 밖에 내놓으면 업체에서 가져가주기로 했다. 분리해서 종이상자에 넣는 게 아니라 70리터짜리 쓰레기봉투에 넣어 내놓으면 된다고 한다. 집에서 엘리베이터 앞까지는 직접 옮겨야 하지만, 그건 당연한 일이다.

불필요한 물건을 일주일 안에 전부 집밖으로 내놓으라고 하면 자신이 없지만, 한 달이라면 어떻게든 되지 않을까. 하루에 한 봉지씩만 해도 서른 개의 봉지를 내놓을 수 있지 않은가. 재빨리 드러그스토어에 가서 70리터짜리 쓰레기봉투 두 팩과 마스크, 작업용 장갑을 사왔다. 간단한 것부터 치웠다가 마지막에 베란다의 대형 방치물이 남으면 의욕을 상실할 듯해서 일단 현관문에서 가장 먼 베란다부터 시작했다.

베란다 동쪽에는 철망이 쳐 있다. 원래도 울타리가 있

긴 했으나 우리집 고양이를 주워왔을 때 아직 새끼였던 지라 위험할까봐 아는 지인이 거기에 철망을 덧씌워줬었다. 고양이가 성장한 후에도 그대로 둔 더라 이것도 처분해야 한다. 고무장갑을 끼고 펜치를 들고 울타리에 동여맨 철사를 잘랐다. 10년도 넘은 상태라 닿기만 해도 뚝 끊어지는 등 철망은 생각보다 훨씬 간단히 분리됐다. 의외로 약해서 적당한 크기로 철망을 접어서 쓰레기봉투에 넣었다.

베란다 쪽 골목 맞은편에 분양주택이 들어서자 예전 집주인이 사생활 보호를 위해 베란다 울타리를 높이면서 1미터 정도 되는 빨래건조대를 철거했었는데, 무겁기는 했지만 아직 여력이 있어서 내친김에 그것도 쓰레기봉투에 넣었다. 건조대를 떼어내고 구입했던 접이식 건조대도 고장난 채 방치해두었는데 그것도 쓰레기봉투행이다. 그 주변에 쌓인 낙엽도 쓸어 함께 쓰레기봉투에 넣었다. 이걸로 베란다 동쪽의 불필요한 물건은 모두 치웠다. 조금 더 힘을 내서 서쪽에 쌓아둔 물건도 치울까 했지만, 내 성격상 거기까지 하면 한동안 의욕을 잃을 것 같아서 앞으로를 위해 힘을 아낀 채 철수했다. 쓰레기봉투는 일단 비가 들이치지 않는 베란다 구석에 놓아뒀지만 앞으로 한 달 이내에 큰비가 내릴지도 모른다. 쓰레기봉투에 빗물이 들어가면 비위생적이기도 하고 일이 성가셔질 듯해 커다란 투명 비닐 시트를 사서 그 위에 덮었다.

다음날은 베란다가 아니라 서재로 갔다. 이 방은 거의 창고 상태라 베란다보다 여기가 더 복잡할지도 모른다. 문을 열면 사각지대가 되는 구석에는 아무짝에도 쓸모없는 고장난 레이저디스크플레이어, 비디오데크, '도데카혼'이라 불리는 커다란 라디오카세트, 탁상용이라지만 복사기처럼 커다란 스캐너, 너무 무거워서 사용할 때마다 헉헉거리는 수입산 청소기, 낡은 스키보드, 직경이 50센티미터 정도 되는 놋대야, 양은 양동이 등 온갖 잡동사니가 쌓여 있다. 작업용 장갑을 끼고 70리터짜리 쓰레기봉투에 넣은 것까지는 좋았는데, 두 개를 채우자 이내 옮기기 버거울 정도였다.

"이걸 어쩌지."

밖에 내놓을 수 없는 지경이라 결국 전자제품은 쓰레기봉투에 넣는 걸 포기하고 현관으로 옮겨 쌓아두었다.

쓰레기봉투는 당연히 문을 통해 내놓을 터니 되도록 현관 가까운 곳에 모아두면 편하다. 그래서 혼자 옮길 만한 무게로 맞추기 위해 쓰레기봉투에 무거운 물건을 하나 넣으면 그다음에는 가벼운 물건을 넣기로 했다. 유리창에 붙이는 햇빛 차단 시트가 들어 있던 직경 10센티미터에 길이 120센티미터짜리 종이 원통은 한가운데에 올라타서 온 체중을 실어 가운데를 눌러 반으로 접어 쓰레기봉투에 넣었다. 그 외에는 깨진 거울의 나무틀을 큰 것하나, 작은 것 하나 처리했다. 오늘은 이 정도로 정리를 끝냈지만, 물건을 방에서 쓰레기봉투로 옮겼을 뿐이어서 성취감은 없었다.

그후 매일 조금씩 쓰레기 배출 준비를 했다. 이렇게 매일 성실하게 무언가를 한 건 난생처음인지도 모른다. 최악의 경우, 베란다만 치워도 집주인이 말한 보수공사를하는 데는 지장이 없으니 일단 서쪽에 방치해둔 나무의자 세 개를 처리하기로 했다. 천으로 된 시트는 예전에 일반쓰레기로 내놓았고, 나무틀은 베란다에 방치해두면 썩어 없어지겠지 했더니 예상외로 견고해서 니스만 벗겨졌을 뿐 멀쩡했다.

이 의자를 쓰레기봉투에 넣으려고 했지만 들어가지 않아서 트럭이 오는 날 그대로 내놓기로 했다. 빨래건조대로 사용했던 접이식 야외용 탁자 세트의 스틸 의자 두 개(간격을 두고 배치한 의자의 등받이 부분에 대형 클립을 네 개고정한 뒤 거기에 건조봉 두 개를 설치해서 시트 같은 걸 널었다)는 쓰레기봉투에 들어갔지만, 동그란 탁자는 들어가지 않아서 틀만 남은 의자와 함께 처분하기로 했다. 베란다에 방치된 물건을 조금씩 옮긴 후, 물을 뿌리고 솔로 문지르자 보수 전인데도 깨끗해졌다.

"그렇군. 제대로 관리만 해도 나름대로 깨끗해지네" 하고 확실히 깨달았다. 게을러서 불필요한 물건을 줄곧 방치했고, 그걸 보고도 아무렇지도 않게 여기고, 사용하지 않는 물건을 멋대로 놔두는 걸 당연시했으니 자업자득이다.

침실에는 친구가 이사 선물로 준 덱체어 나무틀이 있는데, 이것도 베란다에 방치했던 나무의자와 마찬가지로 등받이와 천 시트 부분은 잘라서 일반쓰레기로 버렸고, 함부로 못 버리는 나무틀만 방구석에 놓아둔 것이다. 그리고 캣타워도 있다. 타워라고 해봐야 높이 100센티미터 정도 되는 낮은 타워인데 퇴창에서 볕을 쐬라고 사준 것이다. 그전에는 고양이가 84센티미터 높이의 서랍장 위로 어렵지 않게 뛰어 퇴창까지 올라갔는데, 열여섯 살이 넘으면서 실패하는 일이 잦아져 그 모습이 가여워서 구입했다. 하지만 캣타워를 구입하자마자 어찌된 일인지 서랍장까지 다시 뛰어올라갔고, 타워에는 전혀 흥미도 안 보이고 냄새조차 안 맡으려고 해서, 원래의 목적과는 달리 입던 옷이나 스카프를 올려뒀다.

방구석에는 제로할리버튼 캐리어가 있다. 여행을 다니던 시기에 줄곧 사용한 물건이라 애착이 가지만 바퀴가 전부 망가졌다. 인터넷에서 검색해봐도 요즘 나오는 캐리어와는 사양이 달라서 바퀴가 무척 작다. 백화점에 문의했지만 다른 매장에서 구입한 제품은 수리해줄 수 없다고 거절당했다. 본체는 멀쩡하지만 앞으로 해외여행을 할 생각도 없고, 좀더 가벼운 제품이 아니면 가져가기도 힘들 듯해 버리기로 했다. 여기저기 붙은 수하물 바코드 스티커에도 추억이 담겼지만 이별이다.

수납박스 두 개, 철제 선반 두 개는 처분할 마음이 없어서 그대로 둔다. 가능하면 침대를 없애고 이불을 사용하고 싶지만, 처음부터 카펫을 깔아둔 방이라서 거기에 이불을 깔자니 꺼려져서 침대 처분은 보류한다. 침대 옆에 둔 길고 가느다란 플로어스탠드는 최근 20년 동안 매일 밤 사용했지만 칠이 벗겨지고 전등 부분도 낡고 지저분해서 플러그를 뽑아 현관으로 가져간다. 침실에 자리한 옷장에는 옷과 가방 등을 넣어두는데, 오늘은 혼자 처분할 만한 물건은 제외하기로 했으니 침실에서 처분할 물건은 덱체어 나무틀, 캣타워, 캐리어, 플로어스탠드까지 네 개뿐이다.

다음은 다다미방이다. 다다미방에는 오동나무 서랍장 두 개와 다토가미(기모노 등을 보관할 때 사용하는, 접는 선이 들어간 두꺼운 종이―옮긴이)를 넣어서 접어둔 오비(기모노에 사용하는 허리띠—옮긴이)가 쌓인 철제 선반이 놓여 있다. 벽장에는 기모노용 속옷과 여분의 버선, 기모노를 맞추고 돌려받은 자투리 천 등이 무인양품 서랍에 보관되어 있다. 하지만 이것들이 놓인 오른쪽 맹장지만 늘 사용할 뿐 왼쪽 맹장지는 항상 닫아뒀다. '거기 뭐가 들어 있었지' 하고 기억을 더듬어보니 난로를 수리할 때 사용하는 빈 상자 정도만 떠오른다. 거의 열지 않았던 왼쪽 맹장지를 살짝 열어보니 거기도 필요 없는 물건이 자리하고 있었다.

이사 선물로 받은 전기난로는 매년 유용하게 사용했지만 고장난 뒤 벽장에 격리해뒀던 걸 잊고 지냈다. 마찬가지로 고장난 선풍기가 두 대 있었고 반려동물용 이동장도 있었다. 처음에 구입한 이동장이 크고 무거워서 좀더 가볍고 망사를 이용한 제품으로 바꿨지만 그것도 불편해서 방치해뒀다. 그후 가볍고 간편한 이동장을 발견해서 줄곧 그것만 사용해 다른 건 존재조차 잊고 있었다. 20년도 더 된, 본체에 특수한 종이 필터를 끼워 사용하는 공기 청정기도 있다. 가로로 긴 스탠드형인데 덮개를 열면 옆에 전선이 하나 있고 그 뒤에 종이 필터를 끼우는 식이다. 코드를 꽂자 그 전선에서 "지이잉, 지이잉" 하고 작은 소리가 났고, 몇 개월이 지나 덮개를 열어보자 종이 필터가 까맣게 변해 있었다. 그때는 '이걸로 공기가 깨끗해지 겠거니' 하며 안심했지만, 지금 보니 '이걸로도 용케 공기 청정 효과가 있었구나' 신기해할 정도로 장난감 같다. 그 외에 실컷 사용해서 너덜너덜해진 보드게임 등을 꺼내서 쓰레기봉투에 넣어 현관으로 가져갔다. 오른쪽 맹장지 쪽 도 일단 점검해보니 젊은 시절에는 자주 신었지만 폭우 때 신었다가 변색된 조리나 아무도 원하지 않을 만한 평 범한 신발 등도 나와서 같이 쓰레기봉투에 넣었다.

다음으로 위쪽 작은 벽장을 올려다봤는데 거기 뭐가 들었는지 잘 기억나지 않는다. 발판을 가져와서 10여 년 만에 열어보니 뚜껑이 있는 오동나무 상자가 나왔다. 이 십대 때 기모노를 넣으려고 구입한 상자인데, 이 맨션에 이 사 오면서 처분했다고 생각했었는데 여기에 뒀던 모양이다. 그 옆에는 마작 패와 초우마(마작에서 득점을 계산할 때 사 용하는 작은 막대기―옮긴이)가 나일론 주머니에 담겨 있 었다. 오동나무 상자를 들어보니 그리 무겁지 않아서 꺼 낼 수 있을 성싶어, 벽장 문을 떼어내고 상자를 꺼내 다다 미 위에 내려놓았다. 뚜껑을 열어보니 바비 인형과 타미 인형, 그리고 스키퍼 셔츠와 밋지 등 어렸을 때부터 갖고 있던 인형과 인형 옷이 들어 있었다.

"아, 여기 있었구나."

지금 이것들이 필요하느냐고 묻는다면 분명히 아니지만, 가장 오래된 바비 인형은 초등학교 4학년 때, 미소된장 광고에 출연해 그 대가로 광고 디렉터였던 이웃집 언니에게 받은 것이다. 52년이나 된 인형인데다 함께 담긴 갈아입힐 옷과 신발도 전부 정교하게 만들어진 제품이라 버리고 싶지 않아서 그대로 뚜껑을 덮어 제자리로 돌려놓았다.

옆집 친구와 친분이 있는 화가의 작품인 〈의사와 간호사〉 연작 네 점도 나왔다. 그중 두 점만 구입했지만, 화가가 호의로 남은 두 점도 영구적으로 대여해줘 갖고 있었다. 하지만 이 연작 시리즈는 '오돌토돌하게 올라온 환자의 피부를 보고 그저 떨고 있는 의사와 간호사'를 테마로 한 작품이라서 공공연하게 걸어둘 만하지 않다. 에도가와 란포의 책이 꽂힌, 오래된 서양식 건물의 어두컴컴한 방에 걸어두면, '뭔가 나올 것 같아⋯⋯' 하고 떨게 만드는 종류의 그림으로 옛날 추리소설의 표지나 공포영화의 포스터 같은 분위기다. 화가의 부친은 간판을 그리는 사람이었고, 그 화가도 어렸을 때부터 부친의 일을 도왔다고 한다. 맨 처음 만났을 때 그 화가는 와이셔츠에 회색 바지를 입고 있었는데, 자세히 보니 학이 날아가는 문양이 담긴 하얀 기모노 원단으로 만든 와이셔츠였다. 이런 셔츠를 판매할 리가 없으니, 분명 자신이 갖고 있던 기모노 원단으로 맞춘 셔츠였을 터였다.

'설대 평범한 사람은 아니구나' 싶었다. 이 그림들은 20년쯤 전 그의 개인전에서 구입했는데, 공포에 떠는 의사와 간호사 그림을 벽에 걸 용기가 없어서 작은 벽장에 넣어뒀던 것이다. 이것도 처분할 마음은 들지 않아 그대로 둔다.

간직하고픈 추억의 물건과 재회한 후, '뭔가 버릴 건 없을까' 하고 다다미방을 둘러보니 구석에 놓인 대형 제습기가 눈에 들어왔다. 오랫동안 당연한 듯 자리하다보면 아무리 필요 없는 물건이래도 눈에 안 들어온다는 걸, 이번에 불필요한 물건을 골라내면서 확실히 깨달았다. 슬쩍 둘러보는 게 아니라 범위를 정한 뒤 눈에 들어오는 물건을 하나하나 점검하지 않으면 못 알아채는 게 제법 많다. 그 제습기도 의식적으로 살피지 않았으면 넘어갔을지도 모른다. 고장도 안 난 제품이라 장마철에는 사용했는데, 용량이 커서 흡수력은 좋지만 저소음 모드로 작동해도 소리가 감당할 수 없을 정도로 컸고 장마철에 실내온도도 올려버려서 괴로웠다. 또한 대용량이라 탱크에 물이 차면 무거워서 그걸 꺼내 물을 버리기도 힘들었다. '다음에는 좀더 작고 물 처리도 편한 제품을 사야지' 하면서 현관 쪽으로 이동시켰다. 바퀴가 있어서 다행이었다.

거실을 둘러보니 26인치 텔레비전을 올려둔 북유럽풍 디자인의 목제 서랍장이 눈에 들어왔다. 이것도 필요 없다면 없겠지만 텔레비전을 바닥에 그냥 두기도 좀 애매해서 처분을 보류한다. 발판 대용으로 쓰던, 25년 전에 구입한 영국산 목제 스툴은 필요 없다. 다리가 긴 서양인 체형에 맞게 나온 제품이라 좀더 편안하게 사용하고자 톱으로 다리를 자르다보니 점점 좌석이 낮아져버렸다. 내 짧은 다리에 맞는 제품을 어렵게 찾아내 일할 때 줄곧 사용했던 낮은 의자 등 예정에는 없었지만 처분할 후보를 차례차례 발견해냈다.

거실에서 사용했던 공기 청정 가습기도 마찬가지다. 탱크 용량이 큰 제품이라 매일 물을 안 채워도 되어 편했지만 물을 가득 채우면 무게를 감당하기 힘들어서 용량이 작은 제품으로 다시 사려던 참에 수명이 다해 가습이 되지 않았다. 곧바로 소형 제품을 새로 샀으니 이것도 현관으로 옮겼다.

이 집에 이사 올 때 구입한 나무와 철로 구성된 프랑스산 조립식 3단 선반도 구조를 바꾸려고 해봤지만 선반이 무거워서 여의치 않아 몇 번이나 대형폐기물로 내놓을까 고민했었다. 하지만 그 위에 팩스와 꽃병을 놓아뒀고, 책과 잡지, DVD, CD를 꽂아둔 탓에 이걸 없애면 그 물건들을 둘 데가 없어진다.

"이게 기회야. 여기에 올려둔 물건도 전부 처분하자! 당장은 아니지만."

일단 뭐든 종이상자에 넣어뒀다가 일정 기간 동안 거기서 안 꺼내는 물건은 앞으로도 사용할 가능성이 낮으므로 처분한다고 미니멀리즘을 실천한 사람들에게 들었던 것이다.

선반 위에 놓인 팩스를 바닥에 내려놓고, 꽂혀 있던 책과 잡지를 종이상자에 채워넣었다. 거기 있던 큰 판형의 책 세 권은 쓰레기봉투에 넣었다. 꽤 오래전에 헌책방에서 구입했는데 상태가 나빴다. 구하기 힘든 책이라 어쩔 수 없이 갖고 있었는데 최근에 좀더 상태가 괜찮고 값도 싼 걸 발견해서 구입했던 터라 이전 책은 필요 없어졌다.

선반에 있던 책은 상자 하나에 다 담기지 않아 두 개를 더 조립해서 세 상자에 담았다. 선반에는 생각보다 물건이 많았다. 나중에 이걸 전부 처분할 수 있을까 불안해졌다. 하지만 이미 손을 댔으니 어쩔 수 없다. 일단 물건을 종이상자 세 개에 전부 넣고, 선반 틀과 바닥을 고정하는 금속 플레이트를 분리했다. 그리고 부품별로 모아서 점착테이프로 고정해 현관까지 끌고 갔다. 현관에 불필요한 물건이 산더미처럼 쌓였지만 어쩔 수 없다. 책과 잡지가 든 상자는 갈 곳을 잃어 거실 구석에 쌓아두었다.

이런 식으로 매일 조금씩 불필요한 물건을 골라 현관으로 옮겼다. 거실 소파 구석에 조용히 자리잡은 회색빛 물체가 있길래 뭐지 하고 다가가보니, 팬히터와 라디에이터였다. 소파 뒤쪽에는 난로 안전망과 실내용 접이식 빨래건조대가 숨어 있었다. 거실에는 수납공간이 없어서 필요 없는 물건을 사각지대나 가구 뒤에 숨겨두었던 것이다.

팬히터는 예전 집에서 사용했던 것인데, 고양이가 추위를 많이 타는 터라 온풍으로 위쪽 공기를 따뜻하게 데우는 방식보다 바닥 가까운 곳이 따뜻해지는 '뉴 레디언트'라는 수공품 가스난로를 구입했었다. 지금은 무지개다리를 건넜지만, 옆집에서 키우던 고양이 비짱도 이걸 무척 좋아해서 겨울에는 우리 고양이와 함께 다리를 쫙 펴고 이 앞에서 뒹굴었다. 이 가스난로는 정기적으로 수리해가면서 애지중지 사용해왔다.

불꽃이 나오는 난로는 외출할 때 쓰기가 걱정돼 라디에이터를 사용했는데, 플러그 부분이 까맣게 타버려 무서워서 사용을 그만뒀다. 우리집 고양이 나이가 많다보니 판단력이 둔해져 멍하니 있다가 꼬리에 불이라도 붙으면 큰일나겠다 싶어서 난로 안전망을 샀는데 그 직후 열기가 사방으로 퍼지고 반려동물이 있어도 안심할 수 있는 전기난로를 구매해 필요 없어졌다. 또한 실내용 접이식 빨래건조대는 사용하기 편하고 튼튼해서 큰 것과 작은 것을 구입해서 실내뿐 아니라 베란다에서도 사용했다. 붙박이식 건조대를 떼어낸데다가 원래 쓰던 접이식 건조대가 고장나는 바람에 쓸 수 있는 건조대는 그것뿐이었다.

강풍이 불던 어느 날, 실내용 접이식 건조대에 빨래를 널어 베란다에 내놓고 실내에서 일을 하고 있었다. 물론 건조대 바퀴가 움직이지 않도록 레버를 잠금 표시된 부분에 고정해두었다. 그런데 컴퓨터 모니터를 보던 내 시선 한쪽에 베란다를 질주하는 무언가가 잡혔다.

"어? 뭐지?" 이미 아무것도 보이지 않는 베란다 쪽으로 눈길을 준 순간, "쿠웅" 하고 커다란 소리가 들렸다. 황급히 문을 열어보니 그 접이식 건조대가 바람에 휩쓸려 베란다를 끝에서 끝까지 질주한 뒤 동쪽 울타리와 충돌해 쓰러져 있었다.

서둘러 베란다에 흩어진 빨래를 구출하고는 결국 건조대까지 실내로 철수시켰다. 설명서를 자세히 읽어보니 실내에서만 사용하라는 단서가 붙어 있었다. 그날 이후 건조대는 실내에서만 사용했는데 빨래를 조금씩 자주 하다 보니 작은 건조대만으로 충분했고, 최근에 큰 빨래용으로 조립식 건조대를 베란다에 구비해둔 탓에 실내용 큰 건조대는 필요가 없어졌다. 이것도 현관으로 옮긴다.

주방에서 꼭 처분해야 하는 물건은 오븐이었다. 10년도 전에 샀지만 두세 번밖에 안 썼다. 키슈를 만들고 싶어서 샀었는데, 키슈를 구운 적도 없었고 기껏해야 냉동 피자를 해동할 때나 썼다. 게다가 피자도 안 먹게 돼서 오븐 토스터기만으로 충분했다. 있는 힘을 다해 오븐을 조리대에서 바닥으로 내려 다시 현관으로 이동시켰다.

폭이 30센티미터 정도 되는 식품보관용 서랍장은 스테인리스 상판에 콘센트 자리까지 있어서 나름 편리한 구조였지만 주방이 좁은 우리집에서는 가로로 놓을 수밖에 없어서 사용이 불편해 처분한다. 싱크대 상하부장도 확인했지만, 26센티미터짜리 큰 접시와 무거워서 설거지하기 힘든 식기 등은 이미 바자회에 보낸 터라 딱히 처분할 것은 못 찾았다.

마지막은 탈의실이다. 목욕할 때 갈아입을 옷을 두는 장소로만 사용해서 여기에는 라디에이터 한 대뿐이다. 처음에는 겨울에 탈의실을 충분히 따뜻하게 만들어줬지만, 이것도 플러그 부분이 까맣게 타서 사용을 중지했다. 그런데도 파자마와 속옷을 올려두는 곳으로서 당연한 듯 그 자리를 지켰다. 매일 날마다 유용하게 쓰긴 하나 히터

본래의 용도로 필요한 건 아니다.

옆집 베란다에서 뭔가 움직이는 소리가 들린다. 옆집 상황은 어쩐지 궁금해서 베란다 벽 너머로 들여다보며, "잘 돼가?" 하고 묻자 "장난 아니야"라는 반응이 돌아온다. 위쪽 벽장에 넣어뒀던 종이상자를 꺼내 햇볕을 쬐면서 불필요한 물건을 골라내는 중이란다.

"이런 걸 왜 보관한 걸까."

상자에서 변색된 종잇더미가 잔뜩 나온다.

"대체 뭘까. 뭐 같아?"

친구가 가림벽 너머로 건네준 물건은 색지에 그려진 수묵화였다. 중국인 이름인 듯한 낙관이 찍혀 있길래, "중국인에게 받은 기억 안 나?" 하고 물었다.

"안 나."

"낙관도 찍힌 걸 보면 나름 화가의 작품 아닐까."

"그러게. 흐음, 하지만 모르겠어."

친구는 계속 고개를 갸웃거린다.

"아, 참. 우키요에(에도시대의 풍속화―옮긴이)도 나왔어."

"정말?"

"구입한 것도 까먹고 지냈네."

역시 옆집에서는 엄청난 보물이 나온다. 우리집에는

고장난 전자제품이 대부분이다.

"우리집에서는 우키요에는 안 나왔지만, 오돌토돌한 환자의 피부를 보고 깜짝 놀라는 의사와 간호사 그림은 있었어."

그렇게 전하자 "아, 맞다, 그거 말이구나. 그래도 그 그림이 이거보단 낫잖아. 선뜻 걸 만한 건 아니지만"이라고 했다.

그 수묵화를 그린 분에겐 죄송하지만 나도 둘 중 하나를 고르라면 역시 〈의사와 간호사〉 쪽이다.

"고생해. 너무 무리하지는 말고."

그렇게 말하고 우리는 각자 할일로 돌아갔다.

매일 조금씩 불필요한 물건을 모아서 하나하나 현관으로 옮긴 결과, 현관이 불필요한 물건으로 뒤덮인 요새가 되어버렸다. 트럭은 이른 오후에 오기로 해서 그날 오전 중에 물건을 밖으로 내놓을 작정이었지만 양이 너무 많았다. 오전에 다 옮기는 건 무리다 싶어서, 전날 저녁부터 비디오데크와 라디오카세트, 의자 틀 등을 엘리베이터 앞에 조금씩 옮겨두었다. 일찍 해가 지는 겨울이라 금세 어두워졌다. 문을 열고 무심코 고개를 돌렸다가 70리터짜리 쓰레기봉투를 내려놓는 옆집 친구와 눈이 마주쳤다. 역시 친구랄까, 생각하는 게 똑같다.

"어때?" 낮은 목소리로 묻자, "난리도 아니야"란다. 그럴 거라 생각하면서, "허리 다치지 않게 서로 조심하자" 하고는 현관 안에서 불필요한 물건을 조금씩 밖으로 옮겼다. 여기까지만 해두면 그다음은 간단하다. 몇 개 옮기고는 쉬었다가 다시 옮기기를 반복해 절반 이상을 남기고 "나머지는 내일 하자"며 힘을 아껴뒀다.

마침내 트럭이 수거하러 오는 날 아침, 현관문을 열고는 아침햇살에 비친 어마어마한 광경을 보고 우뚝 멈춰 섰다. 정말이지 엄청난 양이었다. 엘리베이터 앞쪽 통로도 한 사람이 간신히 지나갈 정도의 공간만 남았다. 그러고도 집에 아직도 처분할 물건이 있는 것이다.

"큰일이다."

물건을 꺼내는 동안 엘리베이터 앞쪽 공간이 점점 줄어든다. 나와 친구만 살고 있어서 정말로 다행이었다. 다른 거주자가 있었다면 분명 민폐였을 상황이다. 물건을 배달하러 온 택배 기사는 "엄청나네요, 미니멀리즘입니까?" 하고 물었다.

상황을 보러 온 집주인은 "앗!" 하고 눈이 휘둥그레졌다. 마지막 물건까지 싹 꺼내고는 객관적인 시선으로 눈앞에 산처럼 쌓인 불필요한 물건들을 보자 "정말 엄청나네……" 하고 중얼거릴 수밖에 없었다.

친구도 막바지 정리에 돌입해 우산 세 개를 쓰레기봉투에 넣었다.

"고생 많았습니다."

서로 절로 고개가 숙여졌다. "엄청나네." 친구 입에서 나온 말도 똑같았다.

"어? 이것도 버리는 거야?"

서재용 의자와 동그란 의자에 친구의 시선이 고정됐다.

"낮은 의자가 필요했는데. 이거, 가져도 돼?"

"당연하지. 근데 이걸로 괜찮겠어?"

"응, 좋아."

황송하게도 내가 버리는 물건을 사용해주신다니 최소한 배달이라도 해줘야겠다며, 쓰레깃더미에서 의자 두 개를 끄집어내서 옆집으로 가져갔다.

"버릴 수 있으면 이것도 버리고 싶은데."

현관 옆 복도에 높이와 폭이 120센티미터쯤 되는 목제 책장이 나와 있었다. 공간이 가로세로로 작게 나뉜 제품이다.

"이 기회에 내놓으면 좋지 않아?"

"그렇긴 한데……"

"좀 그렇지……"

둘 다 똑같은 생각이 들었는지 동시에 같은 말을 내뱉

었다.

"전부 실을 수 있을까."

우리 눈앞에 상상을 초월한 막대한 양의 물건들이 있었다.

"아슬아슬하지."

"응, 아슬아슬해."

"조각조각 분해해서 억지로 틈새에 밀어넣으면 될 것도 같은데……"

"그래, 일단 업체에서 오면 물어보자."

"그런 부탁까지 하기는 미안하지만 말야. 그래도 이참에 가져가주면 좋겠다."

불필요한 물건들로 이뤄진 산을 보며 내가 무슨 일을 저질렀는지 현실을 직시했다.

약속 시간보다 일찍 업체에서 도착했다. 호감형의 청년과 아저씨, 두 사람이었다.

"2톤으로 요청하셨지만 차가 있어서 3톤으로 왔습니다."

살았다. 물건을 옮겨둔 곳으로 두 사람을 안내했더니 보자마자 "우와, 큰일이네. 괜찮을까" 하고 아저씨의 목소리가 높아졌다. 청년도 "흐음, 간당간당한데"라 한다. 우리는 그저 "죄송합니다, 죄송합니다" 하고 고개를 조아릴

뿐이다.

"일단 실어보겠습니다."

두 사람은 재빨리 70리터짜리 쓰레기봉투니 쓸모없는 비디오데크니 물건들을 옮겼다. 그 모습을 보자 나도 친구도 너무 미안해져 "저희도 가벼운 걸 옮길게요!" 하며 씩씩하게 물건을 들고, 집주인이 비워준 전용 차고에 세워둔 3톤 트럭 옆에 가져다놓았다. 일층으로 옮기기가 귀찮다며 불필요한 물건을 쌓아뒀는데, 지금의 이 행동은 대체 뭘까 하고 자문자답했다. 이렇게 움직일 거면, 그전에 가전폐기물도 내놨을 텐데. 우리는 들 수 있는 범위 내에서 열심히 물건을 옮겼다. 한 시간 넘게 물건을 들고 왔다갔다했는데도 무겁다거나 힘들지가 않았다.

"흐음, 사람은 역시 자신을 위해서는 못 움직여도 남을 위해서는 움직일 수 있나봐."

그런 말을 중얼거리면서, 최근 10년 동안 가장 힘을 많이 썼다.

아저씨가 트럭 짐칸에 물건을 쌓으면서, "들어가려나, 간당간당한데" 한다. 친구의 책장을 본 청년은 "해체할 수 있겠네요. 부피를 줄일 만한 건 줄여야죠, 안 그러면 공기를 운반하는 셈이니까요"라며, 일층으로 내려가 트럭 옆에서 해체를 시작했다. 내 물건은 전부 트럭에 실렸다. 아저씨는 "또 없습니까? 아직 좀더 실을 수 있습니다"라고 말해주었다. 그러자 친구가 "이거, 어쩔까" 하며 책 꾸러미를 가리켰다. 만화책, 문고본, 단행본이 끈에 묶여 있다.

"헌책방에 가져갈까 했는데."

전부 나온 지 10년 이상 된 책이다. 그렇긴 해도 상태는 깨끗한 책이었는데 헌책방에 가져가든 방문 수거를 요청하든 번거로우니 "헌책방에 전화해서 따로 날짜랑 시간을 정하려면 귀찮지 않아?"라고 하자, 친구는 잠시 고민하더니 "그래, 내친김에 오늘 다 버리자" 한다.

친구와 함께 책을 들고 전용 차고로 가져갔다. 아저씨는 책을 틈새에 끼우면서 "아직 여유 있습니다. 더 가져오세요" 하신다. 그러자 친구가 집에 돌아가서 비닐봉지에 책을 담아 가져왔다.

"이것도 부탁합니다."

아저씨는 봉투를 받아서 해체한 선반과 선반 사이에 꾹꾹 밀어넣었고, 우리가 내놓은 물건은 전부 트럭에 실렸다. 완벽에 가까운 전문가의 솜씨로 조그마한 틈새도 없이 빽빽했다.

"와, 그게 다 들어가네요."

우리가 감격해서 트럭을 올려다보자, "다행이다. 어떻게 다 실렸네요" 하고 청년이 웃었다.

"2톤이었으면 안 됐겠네."

아저씨도 웃었다.

"정말로 고맙습니다."

우리가 인사하는 동안, 업체 사람들은 "감사합니다!" 하며 기분좋게 트럭을 타고 떠났다. 만약 업체 분들의 인상이 별로였다면 우리도 물건을 함께 옮기지 않았을 터다. 그들에게 호감을 느껴 우리도 움직인 셈이다. 한 번에 전부 가져가줘서 정말이지 고마웠다. 아무 의미도 없을지 모르지만, 내가 어떤 물건들을 처분했는지 그 목록을 적어둔다.

1. 대야

2. 햇빛 차단용 창문 시트지가 든 종이 원통

3. 선풍기 두 대

4. 둥근 목제 의자(친구네 집으로 이동)

5. 접이식 빨래건조대

6. 양은 양동이

7. 플로어스탠드

8. 전기오븐

9. 철망

10. 반려동물 이동장

11. 캣타워

12. 조립식 선반

13. 스캐너

14. 프린터 두 대

15. 라디오카세트

16. 라디에이터 두 대

17. 전기난로

18. 서재 의자(친구네 집으로 이동)

19. 대형 청소기

20. 소형 청소기

21. 제습기

22. 팬히터

23. 덱체어 나무틀

24. 레이저디스크플레이어

25. 공기 청정기

26. 공기 청정 가습기

27. 비디오데크 두 대

28. 야외용 테이블

29. 야외용 의자 두 개

30. 의자 나무틀 세 개

31. 테이블 다리

32. 고정식 빨래건조대

33. 캐리어

34. 화상대 나무틀 대

35. 화장대 나무틀 소

36. 건조대용 폴대 여섯 개

37. 노트북 두 대

38. 컴퓨터 키보드 두 대

39. 보드게임

40. 조리 네 켤레

41. 식품수납장용 서랍

42. 담요세탁용 세탁기 뚜껑

43. 의자

44. 난로 안전망

45. 외장용 플로피디스크드라이브

46. 컴퓨터용 접속케이블 다수

47. 스키보드

48. 실내용 대형 접이식 빨래건조대

49. 쓰레기통

수량은 오십 개가 넘었고, 새삼 보니 전자제품이 많았
다. 새것을 구입할 때마다 쓰던 제품을 처분하지 않은 게 문제였음을 확실히 깨달았다.

집으로 돌아와보니 확실히 물건이 줄었고 곳곳에 공간이 생겼다. 나로서는 꽤 열심히 줄였다고 생각했는데 기대보다는 큰 변화가 없었다. 조금 실망했지만 그 대신 앞으로는 물건을 쉽게 처분할 수 있다는 자신감이 생겼다.

예전에 살던 맨션 일층에 거주했던 부부가 새로 집을 지어 이사를 갔는데, 1년 후 이웃 동네에서 그 집 부인과 우연히 마주쳤다. 그때 그녀에게 "오랫동안 필요 없는 물건을 쌓아두다보면 처분을 해야만 하죠. 이사는 좋은 기회 같아요"라고 말했다. 그러자 그녀는 "저도 이만큼 버리면 되겠거니 하면서 꽤 처분했거든요. 그런데도 전보다 집도 넓어졌는데 전혀 정리가 안 되더라고요. 아직도 상자째 둔 짐이 있어요. 짐을 줄이려면 30퍼센트나 50퍼센트 정도 버리는 걸로는 안 돼요. 70퍼센트 정도를 버리지 않는 이상 달라지지 않아요" 하고 알려주었다. 생각해보니 기껏해야 오십 가지 정도를 처분한 걸로 집 분위기가 달라질 리 없다.

다음날 친구를 만났더니, 친구 역시 버리는 일이 두렵지 않다고 말하면서도 나와 마찬가지로 물건이 줄어든 것 같지가 않단다. 그러더니 "저기, 다음엔 언제 오라고 할까?"라고 말해 둘이서 마주보고 쓴웃음을 지었다.

이런 모습으로 살고 싶다

'미니멀리즘'이라는 말이 아직 대중화되기 전에 오가사와라 요코가 쓴 『절약의 고수』라는 책을 즐겨 읽었다. 째쩨함이 아닌, 중년 독신여성의 지혜가 담긴 책이었는데 당시 화제였던 히노하라 시게아키의 『사는 방식의 고수』를 풍자해 지은 제목인 듯싶다.

오가사와라 요코는 화랑과 미술관에서 큐레이터로 근무한 후 프리랜서 큐레이터 겸 미술 에세이 작가로 활동했다. 서문에 이런 글이 있다.

"되도록 간소하게 살기 위해 머리를 짜내는 내게 가난은 많은 물건을 소유하지 않는 좋은 수단이다. 하지만 가난하면 마음이 빈약해진다. 돈이 있으면 마음이 풍요로워지기도 한다."

그녀는 하루에 1000엔만 쓰겠다고 정해두고 생활한다. 중증의 만성 이사병 환자라고 밝혔듯이 이사를 거듭했고 그때마다 소유물을 버렸다. 어느 날, 이사를 앞두고 가스 난로, 에어컨, 책장, 스크린, 블라인드, 좌탁을 버렸다. 그리고 별로 탐탁지 않아 했던 옷장을 집에서 꺼내기도, 이사할 집에 들이기도 힘들겠다고 판단해 버리기로 결심했다. 옷에 집착하고 싶지 않은데 그걸 수납하는 옷장이 필요할까 하고 의문을 품던 차였는데, 마침 이사하면서 베란다로 내린 옷장이 새로 들어갈 집의 현관보다 사이즈가 크자 처분해버린 것이다. 그렇게 해서 계속 마음에 걸렸던 옷장이라는 큰 물건을 처분할 결심이 섰다. 그녀는 10년 동안 미술상으로 일했던 탓에 옷차림을 신경쓸 수밖에 없어서, 당시에는 한 달에 한 벌꼴로 옷을 구입했단다. 그 옷들이 남아 있었을 터다.

"이사의 묘미는 중요하다고 착각했던 물건을 버리는 데 있다."

하지만 내 경우 반대로 이사할 때마다 물건이 늘어난 듯하다. 정리정돈 능력이 부족해 이대로는 위험하다 싶긴 했지만 이사할 때마다 집이 점점 넓어져 얼마든지 수납이 가능해진 탓에 그 위기감도 어딘가로 사라졌다.

그녀는 옷에 집착하지 않아 평상복이 없다고 했다.

"평상복과 외출복은 옷을 입고 있어도 거슬리지 않고 몸에 익숙해서 봄과 마음이 편안한 복장인지 아닌지로 구분될 것이다. 하지만 나는 익숙하고 편안해서 전혀 불편하지도 않고 자극도 없는 옷을 평상복으로 입기가 싫다. (중략) 과거 외출복으로 입던 옷을 외출복 같은 느낌으로 평상시에 입는 편이 좋다."

"그런 차림으로 집안을 돌아다니면 왠지 다른 사람이 된 것 같고 딴 집에 있는 기분이라 재밌다."

그런 기분까지 느끼기는 어렵겠지만, 외출복과 평상복을 구분하지 않으면 옷은 확실히 줄어든다. 하지만 아무나 흉내낼 만한 일도 아니라 센스가 없으면 힘들 듯하다.

그녀는 오륙십대 때 어떤 의류를 소장했는지 그 목록도 소개했는데 정장을 기본으로 1년 치 옷가지가 서른네 점으로 구성되어 있다. 나는 정장 스타일을 기본으로 입지 않아서 참고할 수는 없었지만 이 정도 옷으로도 한 해를 보낼 수 있다는 데 감탄했다. 그 외에도 취사와 피난가방에 대한 아이디어 등 전부 따라 할 수는 없지만 충분히 납득할 만한 이야기가 있었다.

그녀는 열 번 넘게 이사를 했는데 지인네 택지 안에 위치한 창고에서 산 적도 있단다. 지인이 본채를 허물고 맨션을 지을 때 인부들 거처로 사용했으나 그후 창고로 쓰인 공간이었다. 다다미 넉 장 반 정도의 공간과 반 장이 채 안 되는 취사장이 있다지만, 외풍과 바퀴벌레에 시달려야 한다면 혹시 공짜래도 나라면 어떻게 했을까 싶다. 나라면 지인이 새로 지은 맨션을 빌렸겠지만, 그게 아니니 그녀가 독특하다 싶다. 그다음에 어디로 이사할까 찾던 때였는데 주변 소음에 민감한 편인 그녀의 눈에 어느 날 실내 분위기가 무척 괜찮은 연립주택이 들어왔다.

"몇 년 동안 이웃집 소음에 시달렸던 내게는 무엇보다 큰 난관이었지만, 이까짓 일에 생활이 좌우된다면 평생 이 문제로 괴로워할 것 같아 지금 이 문제를 극복하겠다며 여기로 정했다."

거처가 불안정하거나 가능한 한 돈을 안 쓰거나 소유한 물건이 적으면 삶에 소극적인 사람이라는 이미지가 있지만, 그녀는 정반대로 아주 적극적인 사람이다.

그 책 이후로 미니멀리즘이 유행했고 심플라이프에 관한 다른 책도 몇 권인가 읽었지만 지금도 다시 찾게 되는 책은 도미니크 로로의 책이다. 소지품은 적지만 우아함을 포기하지 않았고, 식사도 초라하지 않다. 누군가를 따라 한다고 내 인생이 좋아질 리도 없고 물건이 줄어들 리도 없지만, 그녀가 파리에서 사는 집의 모습이 실린 잡지를 보고 너무 규모가 작아 깜짝 놀랐다. '정말로 이런 좁은 집에서 사는구나' 하고 그녀가 책에서 말한 내용이 현실적으로 다가왔다.

파리라서 창밖에 보이는 풍경은 멋지지만, 원래 가사도우미가 쓰는 집이어서 여하튼 좁다. 4평 정도라고 하니, 다다미로 치자면 여덟 장 정도밖에 되지 않는다. 평균적인 일본식 집보다 천장은 높을지 모르지만 사진으로도 좁아 보이니 실제로 집에 들어가면 그 이상으로 좁게 느껴질 터다. 공간만 봐서는 학생들이 사는 원룸에 가깝다. 가구는 거의 없고 작은 수납공간은 있지만 그것도 빽빽하게 채워지진 않았다. 겨울 코트 한 벌, 레인코트 한 벌, 스카프 한 장…… 물건은 좋은 품질의 제품만 산단다. '아, 나는 언제쯤 저런 경지가 될 수 있을까.'

집 내부 사진에 책장이 보이면 무심코 눈길이 향하는데, 그녀의 책장에는 겨우 몇 권만 꽂혀 있다. 책에서 마음에 남는 문장이 있으면 이를 컴퓨터에 입력하고 책은 처분한다고 읽었던 것 같은데, 역시 그 말대로 책장은 깨끗했다. 물건을 수납할 만한 공간이 있어도 꽉 채우지 않는 게 집이 환해 보이는 요령일 터다. 집이 좁은데도 물건이 꽉 차 있지 않다는 말인즉, 상당히 많은 물건을 줄여야 한다는 뜻이다.

그녀가 교토에 소유한 원룸 맨션도 5평 정도밖에 안 되는데, 집을 리모델링해서 가구 없이도 생활하게끔 수납공간을 만들었다. 벽걸이 책장에 책이 마흔 권 정도 있지만 그래도 적다. 식기도 폭 20센티미터 정도 되는 서랍 두 개에 다 들어갈 정도다. 집은 좁지만 란마(방문 위에 통풍과 채광을 위해 만든 창문—옮긴이)와 격자는 전통 목수에게 의뢰해서 상당히 고급스럽게 집을 꾸몄다. 역시 이쪽도 센스가 엿보이는 주거지다. 솔직히 "외국인은 기모노가 없으니 좋겠다" 하고 당연한 말을 중얼거리기도 했지만, 양복이라면 웬만큼 처분해도 괜찮겠다 싶었고 "내가 정말로 좋아하고 필요한 건 뭘까"를 확실하게 고민해야 한다고 두 번, 세 번, 네 번 가슴에 새겼다. 하지만 이렇게 몇 번이나 끄덕인다는 건 가슴에 새기지 않았다는 증거다. 왜 이렇게 질질 끄는 건지는 나도 모른다. 내 선조 원숭이 그룹에서도 "저 녀석은 고구마 껍질을 언제까지 쟁여두는 거야, 대체 뭘 하는 거지" 하고 두목 원숭이에게 눈총을 받은 이가 있었을지 모른다. 이 두 작가의 공통점을 또하나 꼽자면, 주거지와 이동을 간략하게 처리한다는 사고방식이다. 도미니크 로로는 여행할 때도 가방하나만 가져가는데 공항에서 무게를 재보니 짐이 8킬로그램밖에 되지 않았고, 이사할 때는 택시 한 대면 끝난다고 한다. 그리고 애써 리모델링한 집에도 집착하지 않는 단다.

힘늘게 리모델링했으니까 혹은 돈을 들였으니까 계속 소유해야 한다고 그녀들은 생각지 않는다.

우치자와 준코의 『버리는 여자』도 병이나 이혼이 계기가 됐지만, '나도 그런 결단력이 있었으면' 하고 한숨을 쉬면서 읽었다. 독신인 지인도 큰 병을 앓자 "이대로 가진 걸 남기고 죽으면 안 되겠다" 싶어 폐기물업체를 불러 전부 버렸다고 했다. 다행히 그녀는 건강하게 지내지만, 어찌됐든 청소하기 편해서 몸에 부담이 안 가는 정리정돈된 집이 살기 편한 건 당연하다.

이전까지는 물건이 넘쳐나는 생활이나 사람과의 관계도 별로 의식하지 않았으나 무언가를 계기로 갑자기 '이래서는 안 돼' 하고 자각한다. 그러면 신경에 거슬려서 어찌할 바를 몰라 하며 이에 대처하지 못하는 내가 싫어진다. 우치자와는 그런 감정의 폭발을 겪으며 갖고 있던 소중한 책까지 떠나보내고 아무것도 남기지 않았다. 그 대목을 읽고는 '그렇게까지 결단을 내리다니 대단하다' 하고 감동했다. 하지만 이야기가 더 있었다.

"그러다가 문득 자신을 보니 꽤 심각한 우울증에 빠져 있었다. 최근 몇 년 동안 고서든 일러스트 원화든 뭐든 소유하는 것이 부담스럽고 부담스럽고 또 부담스러워서 떠나보내고 싶어 어찌할 바를 몰랐는데도 그러고 나니 후련하고 개운하기는커녕 실망스러웠다."

'뭐지?' 하며 계속 읽어보니, "가족을 잃은 듯한 상실감"이라는 문장이 적혀 있었다.

"기세 좋게 마구잡이로 버리는 동안, 아무래도 인생을 즐길 힘까지 버린 듯하다."

'헉!' 하는 소리가 절로 나왔다. 그리고 저자 후기에는 "확실히 너무 많이 버렸다"라는 정직한 소감까지 적혀 있었다.

세상의 기준이 아닌 내 기준에서 희귀서는 가진 게 없지만, 그녀는 그런 것까지 손에서 놓았다. 그럴 때는 자신의 결심이래도 마음이 흔들리는 게 당연할 터다. 남편을 버리는 것보다 가슴이 아프다는 말도 정말이라고 생각한다. 만약 내가 기모노를 과감하게 처분해서 수량을 줄였대도 거기서 만족감을 얻지는 못할 것 같다. 하루하루의 생활에서, 인생에서 도대체 무엇이 목표인 걸까. 물건을 소유하지 않는 생활일까, 물건은 많지만 그것을 즐기는 생활일까. 소유한 물건과 헤어지는 날은 언젠가 반드시 오기 마련이니, 후회하지 않을 수준에서 천천히 단계를 밟아 줄이는 편이 충격의 여파가 적을지도 모른다. 단번에 해결하고 싶거나 시간적으로 제약이 있는 사람에게는 어려운 방법일지도 모르겠다. 여하튼 과감하게 처분하지 못하고 실질 끄는 내가 보기엔 그녀의 거침없는 기세가 부럽긴 하다.

정리랄까, 물건을 처분하는 지침을 이 세 사람의 말을 따랐는데, 최근 이보다 한 단계 높은 수준인 이나가키 에미코가 등장했다. 책이나 인터넷에서 인터뷰 기사를 읽어보니, 단계적으로 물건을 처분하기도 했지만 동일본대지진 이후 가급적 전기를 쓰지 않는 생활을 지향하게 되어 결국 냉장고도 처분하고 회사도 그만두었단다. 나는 회사는 그만두었지만 역시 냉장고는 버리지 못했다.

지금까지 다양한 미니멀리스트의 생활을 살펴봤는데, 음식은 전혀 만들지 않고 요리할 때 필요한 도구를 전부 처분한 사람이라도 호텔방에 놓인 것만한 초소형 냉장고는 갖고 있었다. 더구나 이나가키 씨는 요리를 좋아한다. 아무리 채소를 말려서 보존한다지만 가능한 일일까 궁금했는데, 그녀의 생활이 텔레비전에서 소개된다길래 기대하며 시청했다.

"흐음, 정말로 아무것도 없네."

텔레비전 화면에는 가구라고는 침대, 서랍장, 문짝이 달린 책장, 밥상 정도만 있는, 햇볕이 잘 들 것 같은 원룸

맨션이 나오고 있었다.

"이걸로 충분하지."

이 말도 몇 번이나 했는지 모른다. 정말이지 난 '언행일치'가 안 되는 사람이다. 그녀는 가스도 해지했고 전기도 안 써서 휴대용 버너로 요리를 하며 욕조는 있지만 대중탕을 이용한다. 세탁기도 없어서 손빨래를 한다. 원래 없다면 모르겠지만 마음만 먹으면 사용할 수 있는데도 그러지 않고 견디기란 꽤 힘든 일이다. 나라면 분명히 편한 쪽을 택했을 거다. 채소도 바구니에 넣어 베란다에 말려 두고, 냄비로 밥을 짓는다. 낮은 밥상에 심플한 상차림이지만, 이런 게 평범한 식사 풍경이리라. 실내 분위기가 무척 괜찮았고 바람이 잘 통할 듯한데다 청소도 간단하게 빗자루로 할 수 있어서, 정말로 멋지게 사는구나 하며 부러워졌다.

나는 유약해서 냉장고도 세탁기도 필요하지만, 닥치는 대로 쓰지는 않으려고 한다. 세탁기도 연일 비가 내리는 날이 아닌 이상 건조 기능은 사용하지 않는다. 기모노만으로 생활한다면 기모노는 매일 빨지 않으니 속옷 빨래를 하면서 탈수 기능은 사용하겠지만 기본적으로는 손빨래로 충분하다고 생각한 적은 있다. 수십 년이나 말만 그렇게 한다는 게 큰 문제이지만.

이런 나도 동일본대지진 후 절전에 관심이 생겨서, 별생각 없이 사용했던 온수 세정 좌변기의 대기전력이 아까워 콘센트를 자주 뽑았더니 금방 망가졌다. 새로 살까 어쩔까 망설이는 동안 그대로 세월이 흘러 겨울에는 좌변기 커버를 씌워 사용중인데, 매일 입욕을 하는데 온수 세정 좌변기가 굳이 필요할까 싶기도 하다. 이나가키가 썼듯이, 나도 확실히 '있으면 편리해'에 집착하는 편이다.

요리를 할 때도 갖고 있는 식재료로 만들다보니 요리책을 참고할 일도 없어져서 요리책은 다른 사람에게 주었단다. 나는 요리도 못하면서 요리책은 수두룩하다. 무슨 일이든 그렇지만, 문제가 생기면 일단 책을 떠올리는 탓에 행동보다도 책으로 먼저 알아본다.

여하튼 해보자며 행동에 나서기보다는 책부터 읽고 사전 작업을 한 후로 미루다보니 그 결과 사전 작업만으로 귀찮아져서 나중에는 '에라 모르겠다' 해버린다. 요리도 평소에는 어렸을 때 어머니가 해주던 음식을 재현할 뿐이어서 요리책은 보지 않는다. 그런데도 왜 요리책이 수두룩한가 하면, 아름다운 색감으로 플레이팅된 음식 사진을 보는 게 즐겁고, 가끔은 평소와 다른 요리를 만들고픈 욕심이 생겨서다. 예전에는 향상심을 표출하기 위해 욕심을 낸다고 스스로를 다독였지만, 이 나이가 되니 그런다고 자신의 수준이 높아지는 건 아니라고 단언할 수 있게 됐다. 욕심을 내서 어떤 요리를 만들고자 한다면, 그 요리가 자기 것이 됐을 때라야 발전을 얘기할 수 있지, 한두 번 만들어보고 만족한다면 아무런 도움도 안 된다. 내 성격으로 볼 때 함부로 욕심을 내지 않는 편이 무난하다.

요리책이 잔뜩 있지만 그걸로 얼마만큼이나 요리를 만들었느냐 하면 거의 만든 게 없다. 게다가 날마다 새로운 요리를 먹고 싶지도 않고, 정도의 차이는 있지만 내가 만든 음식이라면 같은 메뉴를 연달아 먹어도 아무렇지 않아서 날마다 변화를 주고 싶지도 않다. 그 사실을 깨닫고 요리책 처분 제1단계로 대부분을 바자회에 보내 몇 권 남지 않았다. 활용할 만한 부분은 노트에 옮겨 적고 책은 되도록 보관하지 않는다.

　내 요리 수준으로는 도저히 쫓아갈 수 없는 요리가 담긴 쓰지카 이치의 『가이세키 전서』는 아름다운 그릇과 플레이팅, 그리고 문장이 주는 즐거움 때문에 가지고 있다. 하지만 판형이 커서 자리를 차지하는데다가 이 책에 나오는 일식의 아름다운 세계는 나의 평범한 식사에 전혀 활용할 수가 없어서 제2단계로 이런 책과도 헤어져야 할 것 같다. 생각한다고 물건이 줄지는 않으니 여하튼 갈등은 생략하고 단호하게 버리는 편이 좋을지 모른다. 내게도 우치자와 준코처럼 '거침없이 버리는 힘'이 어디선가 내려졌으면 좋겠다고 기도하자 갑자기 응답이 찾아왔다. 이제 이 책은 필요 없다 싶어진 것이다. 마침내 바자회 상자로 옮겨 이별하게 됐다. 이전에는 바자회 상자에 담았다가 조금 지나면 다시 슬금슬금 꺼내서 제자리로 돌려놓는 좀스러운 짓을 반복했지만, 최근에는 상자에 한 번 넣은 물건은 다시 꺼내지 않으니 조금은 발전한 모양이다. 책을 사서 읽더라도 서재에 자리한 양문형 책장 하나에 들어갈 만큼만 남기고 싶다. 전작 『욕망과 수납』에서 얘기했던 책들만 남길 시기가 온 것 같다.

　앞서 말한 네 사람에게는 많은 것을 배웠다. 정리정돈

을 다룬 수많은 책이 세상에 나와 있지만 크게 와닿는 책은 아주 적다. 왜일까 하고 고심해보니 살면서 나름대로 사치도 해봤던 사람들이 간결한 생활로 돌아서는 모습에 내가 이끌리는 게 아닐까 싶다. 모리 마리의 『화려한 거지』도 그래서 좋아하는지도 모른다. 태어날 때부터 줄곧 절약만 하고 사치라고는 전혀 모르고 지내온 삶은 슬프다. 돈이 있고 없고의 문제가 아니라 가난한 생활을 하면서도 마음의 사치를 부릴 수 있으며, 돈이 많아도 마음의 사치를 모르는 사람도 있다. 자기 자신의 마음속 윤택함을 말하는 것이다. 물건 줄이기를 인생의 목표로 삼고 싶지는 않지만 현실적으로 그래야 하는 상황이긴 하다. 그래도 마음의 사치까지 줄이고 싶지는 않다. 그 언저리의 기준이 관대하다보니 마음의 사치와 물욕이 미묘하게 일치해서 그 조절이 어렵다.

진품, 아름다운 것, 자신을 윤택하게 해주는 것, 기분을 즐겁게 해주는 것, 마음을 채워주는 것을 모르는 인생은 역시 경박해진다. 하지만 아무리 좋은 물건이라도 정리정돈도 안 하고 물건이 넘쳐나는 것도 문제다. 네 사람 모두 선택 가능한 상황이었지만 물건을 소유하지 않는 인생을 택했음에 각자의 긍지를 가지고 있어서 흥미롭다. 이처럼 훌륭한 롤모델이 있는데도 왜 나는 트럭까지 불러서 물건들을 버렸음에도 좀체 짐이 줄지 않을까. 여기서도 실행에 옮기지 못하는 성격이 화를 부른다. 불필요한 물건을 내놓고 그 직후에는 물건이 줄었다고 기뻐했는데, 순식간에 익숙해져버리고, 아직도 물건이 많다며 지긋지긋해한다. 어쨌든 고민되는 물건은 버리고, 집안에서 눈에 들어오는 모든 물건은 그 필요성을 재고해보기로 한다. 그렇게 마음을 굳게 먹지만 아직도 너무 많은 물건 때문에 힘이 빠지려는 나를 "그러면 안 돼. 네 사람에게 배운 그 간결함과 단호함을 떠올려" 하고 꾸짖는다.

의류

"나이가 들면 빳빳한 것, 무거운 것이 버거워진다."

젊었을 때 나이든 여성들이 그런 얘기를 자주 했는데, 그 말이 사실이었다. 예전에는 겨울에 묵직하고 두툼한 울코트를 입어도 아무렇지 않았다. 그 묵직함이 '겨울'이 구나 싶어 기분좋았는데, 지금은 도저히 무리다. 어깨에 강한 부담이 되어 패션이라기보다는 수행에 가깝다.

'패션은 인내심'이라길래, 젊었을 때는 발끝이 조이고 새끼발가락이 짓눌려 새빨개져도 욕조에서 발을 주물러 가며 발볼이 좁은 신발을 조심조심 신기도 했고, 다소 불편한 옷이어도 디자인이 마음에 들면 입었지만, 지금은 절대 그렇게 못 한다. 그런 고통을 인내해야 한다면 패션을 포기하고 싶을 정도다. 안타깝지만 일단 '무게'가 부담스러운 의류는 처분하려고 옷장을 점검했다. 큰 것부터 없애다보면 익숙해져 자잘한 걸 처분하기 쉬워지리라 생각했다.

『욕망과 수납』의 후기에서 얘기했지만, 옷을 처분하기 위해 종이에 가로세로로 선을 긋고 세로줄에는 1월부터 12월까지 또는 봄, 여름, 가을, 겨울을, 가로줄에는 아이템을 기입한다. 그리고 그 아이템을 어떤 계절에 입는지 착용 기간을 선으로 그어두면 계절별로 중복되는 아이템을 그리고 반대로 부족한 아이템을 알 수 있어서 일하면서 틈틈이 조금씩 진행중이라고 썼는데 결국 포기했다. 수십 개의 아이템을 하나하나 기입하자니 꽤 번거로워서 "이런 걸 일일이 적느니 깨끗하게 왕창 버리자, 싹" 하고 그만두었던 것이다.

일단 코트부터 점검을 시작했다. 나는 코트를 좋아해서 무심코 사들인다. 아주 오래전에 샀던 면 소재의 스텐칼라 코트는 튼튼하고 유행을 안 타는 기본 디자인이라 무척 즐겨 입었다. 『욕망과 수납』에서 처분했다고 썼던 코트와 같은 소재의 제품이지만 스타일이 다른 기본 디자인이다. 둘 중에서 기본 디자인 쪽을 고른 것이다. 이 코트를 입으면 늘 칭찬을 받아서 이 쇼핑은 성공이라고 기뻐했다. 날씨가 추워지면 퀼팅 속조끼를 달아서 입었는데, 겨울에는 그런대로 괜찮지만 이른 봄에는 조금 무겁고 그렇다고 조끼를 빼면 춥다. 장마철에 레인코트로 입자니 옷감이 두껍고 견고해서 덥다.

코트 자체는 기본에 충실하게 제대로 만든 제품인데, 여하튼 무겁다. 게다가 무엇보다도 오래 입다보니 내 얼굴에 그 코트가 안 어울리게 됐다. 젊었을 때도 디자인이 비슷한 코트를 입었는데, 그때는 아직 피부도 팽팽하고 머리도 지금보다 길어서 위화감이 없었지만, 예순이 넘고 숏커트인데다 할머니가 되기 직전인 아슬아슬한 아줌마가 입으니 아저씨 같은 분위기가 풍겼다. 젊은 여성이 보이시하게 입으면 그 나름 멋지지만, 미묘하게 아저씨에 가까운 아줌마가 남성 느낌을 주는 옷을 입으면 자칫 빌려입은 옷처럼 보인다. 내 안에 아저씨가 있어서 그렇게 느껴지겠지만, 거울을 봐도 매번 '이건 아니야' 하게 된다.

이 코트를 입을 때마다 뭔가 이상하다고 고개를 갸웃하는 탓에, 계속 입을 만한 튼튼한 코트이지만 떠나보냈다. 예전에는 어울렸지만 지금 나에게는 어울리지 않는다. 이 코트를 입었을 때 칭찬받았던 건 내게 어울려서라기보다 꼼꼼하게 제대로 만든 코트라서였는지도 모른다. 튼튼한 면 소재도 마음에 들었지만 빳빳하게 느껴져 어울리지 않게 됐다. 하지만 나는 하늘하늘한 부드러운 소재를 좋아하지 않는 터라 어떤 걸 골라야 할지 알 수가 없었다.

이런 얘기를 나보다 한 살 많은 친구에게 해보았다. 친구의 남편은 패션계에서 40년 이상 종사중이고, 친구도 유명 인테리어숍이나 패션 브랜드 회사에서 근무했다. 그녀는 어렸을 때부터 일본무용을 배워서 기모노도 잘 어울린다. 다니던 고우타 수업에 그녀가 조금 늦게 들어와 알게 된 사이였다. 그래서 내가 조금 선배인 셈이지만, 그녀에게 늘 이것저것 배운다. 기모노도 양복도 어울리는 그녀가 "나도 고민중이야"라고 한다. 미인이고 스타일도 좋아서 뭘 입어도 어울릴 듯한데, 그런 사람도 고민이 있는 모양이다.

"난 기모노는 괜찮은데, 양복은 무늬 들어간 게 안 어울려. 색상도 다채롭게 입고 싶은데 결국은 흰색, 파란색, 감색, 검은색을 입게 되더라고. 안 어울리는 디자인도 꽤 많아."

"정말? 스타일이 좋아서 뭐든 어울릴 줄 알았어. 뭘 입을지 하는 고민 따위 없을 줄 알았는데."

"아니야. 입고 싶어도 못 입는 옷이 있어."

'와, 그렇구나' 하고 의외라고 생각하면서, 옷을 고르는 방법과 줄이는 방법 등에 대해 이야기하자, "알겠다. 옷을 새롭게 구비할 때랄까, 그럴 나이가 된 거야. 지금까지의 옷은 잊고 앞으로를 생각하자" 하고 딱 자르더니, 자기 단골 가게에 같이 가자고 한다. 나를 몇 번 본 적 있는 그녀의 남편도 그 브랜드 옷이 내게 어울릴 거라고 했던 모양이다. 유능한 패션 조언자와 함께, 앞으로 입어야 할 옷을 사러 갔다.

그 가게의 옷은 흰색, 베이지색, 카키색, 감색, 검은색 위주였고 심플한 디자인이 많아서 나도 대번에 분위기가 마음에 들었다.

"뭐가 필요하다고 했지?"

"코트를 처분했으니까 겨울에 입을 코트랑 바지가 필요해." 신축성 좋은 검은색 크롭트 팬츠는 있지만, 외출할 때 이것만 계속 입었더니 천이 흐물흐물해졌고 드라이클리닝을 맡겼더니 왠지 색이 바래진데다 무릎까지 튀어나왔다. 내 살의 두께에 스트레치 원단의 복원력이 패배했을 것이다. 게다가 한겨울에는 조금 추워서 좀더 두툼하고 내 짧은 다리에도 어울리는 팬츠가 있었으면 하고 작게나마 희망을 품었다.

젊은 점원이 "이런 느낌은 어떨까요" 하며 이것저것 보여줬지만, 과연 패션계에 오래 종사한 사람답게 친구는 점원이 가져온 팬츠를 보고, "이건 좀 아닌 것 같은데. 이 부분에 조금 더 여유가 있는 게 좋아" "검정은 너무 무거운 느낌이니까 피하는 게 좋아" 하고 나보다 앞서서 체크해준다. 나는 '오, 그런 거구나' 하며 그녀의 등뒤에 우두커니 서 있었다. 무엇을 골라야 할지 모르는 내가 손을 뻗기 전에 그녀가 골라줬기에 내게 뭐가 어울린다고 생각할까 기대하며 친구의 선택을 기다렸다. 후보로 채택된 옷들이 차례차례 테이블 위에 놓인다.

"여기에 있는 건 전부 어울릴 것 같아. 이중에서 마음에 드는 게 있으면 한번 입어봐."

친구가 그렇게 말하고 점원도 고개를 끄덕이길래, 늘 입던 바지와 비슷한 단골 스타일, 그러니까 끝자락으로 가면서 살짝 좁아지는 일자바지를 집었다. 그걸 본 친구가 "그거, 지겹지 않아?" 한다. 결점이 많은 하체를 돋보이게 하고 싶지 않아서 상의에 포인트를 주고 하의는 심플하게 입어왔던 것이다.

"뭐 그렇긴 해도 전에도 비슷한 걸 입어봐서 안심되거든."

"넌 그런 스타일이 아니면 안 된다고 생각하는구나. 처분한 코트는 어떤 디자인이었어?"

"스텐칼라로 된 기본적인 정장 스타일이었어."

"흠, 넌 정장은 안 어울려. 재킷이나 코트나 플리츠스커트나 그런 건 별로야. 젊었을 때는 괜찮았을지 모르지만 이제 그런 스타일은 안 돼."

그 말을 듣고서야, 젊었을 때의 감각으로 지금 입을 옷을 골랐다는 걸 확실히 깨달았다. 나는 제복 스타일의 옷을 좋아했는데 그게 안 어울렸다는 걸 몰랐다. 매일 거울을 보며 스스로를 안다고 생각했는데 전혀 아니었던 모양이다. 정통적인 스타일을 좋아하는 젊은 여자가 아줌마로 변했을 뿐이라고 생각했는데 그게 아니었다. 어쩌면 젊었을 때도 그런 스타일이 안 어울렸을지 모른다.

"앞으로 나이가 들어도 오래도록 입을 옷을 고르러 왔으니까 과거에 사로잡히면 안 돼."

지당하신 말씀이다. 일단 나를 잊고 전문가들의 의견을 참고해 새롭게 옷 리스트를 만들기로 했다. 큰 걸 먼저 봐두면 이미지가 정해질 것 같았고 마침 겨울 코트가 없어서 매장 내 코트를 살펴보니 한 벌이 눈에 들어왔다. 트위드 소재에 옷깃이 조금 꽉 여며지는 느낌이었고 가죽으로 파이핑 처리가 되어 있다. 이미지상으로는 러시아 소년 소녀 합창단이 입는 듯한, 귀여운 트위드 코트다. 입어보니 맞춤복처럼 딱 맞았다. 이게 내가 찾던 옷이구나 싶어 기뻐하자 친구는 "집에서 입고 나온 옷처럼 어울려.

하지만 앞으로 새로운 옷 리스트를 만들 건데 지금까지의 옷과 비슷한 걸 살 필요는 없잖아"라고 단호하게 말한다.

"지당하신 말씀."

그 옷을 순순히 제자리에 돌려놓고, 머리로는 알면서도 굳어진 생각에서 좀처럼 못 벗어나는 내 모습을 반성하고 있자니 친구와 점원이 캐시미어 소재로 된 리버서블 롱코트를 추천해줬다. 나 같은 땅딸보가 롱코트를 입는다니 상상해본 적도 없다.

"키는 상관없어. 어울리느냐 아니냐의 문제일 뿐이지."

지금까지 나는 코트를 살 때 키를 무척 신경썼다. 키가 작다보니 '너무 길지도 너무 짧지도 않은' 옷을 찾기가 힘들었다. 하지만 그 코트는 거의 발끝까지 내려오는 길이였는데 입어보니 굉장히 산뜻하게 보인다.

"내가 알기로 지금까지는 끝자락이 조금 퍼지는 디자인을 입었는데, 이것처럼 일자로 뚝 떨어지는 느낌이 훨씬 잘 어울려. 소재도 괜찮고."

친구는 어울린다고 권해주면서 자신도 거의 비슷한 디자인의 코트를 갖고 있는데 정말 즐겨 입는다고 했다. 내키에도 롱코트를 입을 수 있다니 하며 놀라고 있는데, 친구가 폭 넓은 짙은 감색 울 팬츠를 가져다주었다. 와이드 팬츠 정도는 아니지만 일자바지보다는 여유가 있다.

"하체가 무거워 보이지 않을까."

그렇게 말하면서 입어보니 이게 또 의외로 산뜻해 보인다.

"떨어지는 느낌이 중요해. 신축성이 있는 옷은 이런 느낌이 나기 힘들지만 원단 두께도 적당하고 매끈하게 떨어져서 실루엣도 아주 깔끔하고 말야. 이것도 입고 비교해볼래?"

처음에 집었던, 늘 입던 스타일인 몸에도 눈에도 익숙한 바지도 입어보고는 "어? 항상 이런 걸 입었는데, 사실은 안 어울렸던 건가?" 하고 고개를 갸웃했다. 친구도 점원도 "너무 평범해서 지루하고 어른스럽지가 않아" 하고 입을 모았다. 결국 그냥 평범한 바지를 입었을 뿐이었나 보다.

그런 스타일의 바지를 입을 때면 반드시 엉덩이를 가리는 걸 전제로 했다. 그래서 엉덩이를 가릴 만한 카디건이나 튜닉을 위에 갖춰 입었는데, 추천해준 통 넓은 바지는 엉덩이가 보일 정도로 짧은 캐시미어 후드 카디건을 입어도 이상해 보이지 않다. 엉덩이를 가려야만 했던 바지는 대부분 원래 내 체형에 안 어울렸던 걸지도 모른다.

"그렇게 입으니 잘 맞네. 아주 잘 어울려."

친구 말에 나도 기쁜 마음으로 거울을 바라봤다. 결국

롱코트, 통이 넓은 바지, 짧은 카디건을 사서 돌아왔다.

이제 옷장을 열어 원래 있던 옷을 처분해야 한다. 먼저 스텐칼라 코트부터 꺼냈다. 속조끼도 함께 처분 상자에 넣었다. 그리고 겨울에 즐겨 입던, 아랫단이 퍼지는 스타일의 니트 코트도 처분했다. 친구도 이 옷이 인상적이었는지 '아랫단이 퍼지는 코트'라고 말했었다. 구입 당시에는 좋았지만 이것도 스텐칼라 코트와 마찬가지로 입는 동안 점점 더 '어라?' 하게 됐다. 상체에 볼륨감을 주고 하체는 슬림하게 한다는 패턴이지만 아줌마가 입기에는 볼륨이 과한 듯했고, 바람이 불면 넓은 아랫단으로 차가운 공기가 들어와 춥기도 해서 처분하기로 했다.

울 소재의 바지를 새로 샀으니 이전에 입던 스판 소재의 검은색 크롭트 팬츠를 두 벌 처분했다. 살 때만 해도 이 바지들이 내 기본 바지라고 생각했는데 상당히 빗나간 듯하다. 전통적인 정장 스타일은 배제하기로 해서 그런 스타일의 바지에 맞춰 입었던 연회색과 감색으로 된 얇은 브이넥 롱니트 카디건도 처분했다. 내친김에 아저씨 정장 같은 올리브 브라운 색상과 짙은 감색 스웨터 두 벌도 처분했다.

이 스텐칼라 코트의 브랜드를 좋아해서 이전부터 이용했는데 근본적으로 안 어울리는 옷을 계속 샀던 걸지도 모른다. 그때는 어울렸지만 아줌마가 돼서 안 어울리게 된 건지도 모르겠지만, 이제 필요가 없어졌다. 친구가 조언해주기 전에는 당연한 듯 입었지만, 내 눈으로 보고 납득하게 되자 같은 브랜드의 스웨터와 코트도 입고 싶지 않아졌다. 죄도 없는 옷에게는 미안하지만 이별하기로 했다. 물건은 호박덩굴처럼 늘기도 하지만 반대로 호박덩굴처럼 줄어들기도 한다.

외출복을 새로 사서 그쪽 옷은 조금 줄었다. 하지만 평상복에는 손을 대지 않았다. 날씨가 추운 가을과 겨울이면 집에서는 안쪽에 기모가 든 스판 청바지를 입는다. 원단이 좋은지 가격에 비해 실루엣이 예쁘고, 무엇보다 다른 청바지보다 따뜻해서 좋다. 그 위에 긴팔 티셔츠를 입고 추울 때는 스웨터나 카디건을 겹쳐 입는다. 카디건은 독일제 양말용 털실을 두 줄 뜨기로 손뜨개질해 직접 만들었는데 세탁망에 넣어 세탁기에 돌려도 문제가 없어서 아끼는 옷이다. 긴팔 티셔츠는 면 소재의 보트넥으로, 외출할 때 이너로도 몇 번 입었지만 목 주위가 늘어나서 평상복으로 입는다. 티셔츠는 쌓아두지 않고 그때그때 점검해서 못 입겠다 싶으면 바로 잘라서 청소용 걸레로 만든다.

가을, 겨울용 외출복은 갖췄지만 초봄 외출복으로 샀던 평상복으로는 입기 힘든 조금 고급스러운 옷이 새것인 채 옷장 안에 박혀 있었다. 이 옷을 걸치면 조금 세련 돼 보일까 싶어 구입한, 연회색의 모헤어로 짠 볼레로 스타일의 짧은 재킷인데 조금 얇으면서 안감이 없고 아랫단이 퍼지는 디자인이다. 내 나름대로는 하얀 티셔츠와 검정 스커트를 입어도 이 재킷을 걸치고 액세서리로 코디하면 레스토랑에 가서 런치 정도는 괜찮겠다 싶어서 큰맘 먹고 구입했지만, 입기에 계절이 애매했다.

겨울 코트 안에 입기에는 조금 부피가 있고, 봄에 입자니 모헤어 느낌이라 너무 더워 보인다. 특히 최근처럼 3월에 기온이 급상승하는 날씨에는 입고 있는 나조차도 더울 것 같았다. 3년 전에 샀지만 한 번도 못 입고 줄곧 옷장 구석에 걸어뒀다. 입지도 않고 미안할 따름이지만 이별했다. 여름철 외출에 자주 입었던 여름용 상복인 정장 스커트도 노골적으로 낡은 티가 나서 처분했다. 얇은 울 소재의 검정 롱타이트 스커트도 다른 옷과 맞춰 입기가 힘들어서 앞으로는 입을 기회가 없을 듯해 처분했다.

최소한 70퍼센트는 줄여야 줄었다 싶어진다는 교훈대로, 옷은 조금 줄었지만, 산뜻하다 싶지는 않다. 겨울옷은 친구의 조언 덕에 기본적인 구색을 갖췄지만, 봄여름옷이 없어서 겨울옷을 구입한 가게에 가려던 참에 그 친구가 "봄옷 살 건데 같이 갈래?" 하고 제안해주었다.

"정장 느낌이 아닌 원피스와 걸칠 게 필요해. 그리고 여름용 바지도."

"응, 원피스는 간편해서 좋지. 나도 원피스 하나 살까 해. 요전에는 울 바지를 샀으니까 다른 소재가 좋겠지."

전에는 원피스에 전혀 흥미가 없었지만, 최근 2~3년 사이에 맹렬히 관심이 생겨서 시험삼아 통신판매에서 세일할 때 한 벌 구입해서 6월 초 모임에 입고 갔다. 모임에서 "나도 그런 거 갖고 싶어"라는 칭찬을 들었지만, 소재가 문제인지 입으면 옷 안에 습기가 차서 무척 더웠다. 그래서 곧바로 처분해버렸다. 요즘에는 소재가 복잡하게 섞인 옷이 많아 직접 입고서 일정 시간 동안 움직여보지 않으면 어떤 느낌인지 모른다. 사람마다 다르겠지만, 나는 습기에 약해서 열기가 안에 갇히는 게 무엇보다 괴롭다.

소재는 실패했지만 원피스의 장점은 다시금 확인했다. 일단 코디를 고민할 필요가 없이 그냥 입으면 되니 편했다. 한 벌의 옷을 여러 가지로 조합해서 입어도 좋지만, 그게 기본이라고 생각하며 옷을 사는 게 경제적이고 편리했느냐면 내 경우는 아니었다. 학교를 졸업하고 회사에 다니던 시절부터 지금까지 40년 이상 살면서 이걸로 됐다고 납득한 적이 없다.

예컨대, 여기저기 활용하기 좋을 듯해서 산 스웨터도

스커트에는 어울리지만 바지에 입기에는 길이가 짧고, 심플한 디자인의 스커트도 카디건에는 어울리지만 길이가 짧은 재킷에는 균형이 안 맞는 식으로 디자인에 따라 어울리지 않는 게 많아 결과적으로 각각의 아이템 개수가 늘어났다.

하지만 원피스라면 코디가 간단하다. 거기에 맞춰 걸칠 만한 얇은 겉옷과 두꺼운 겉옷을 구입해두면 쉽게 세트로 완성되고, 스카프나 액세서리로 변화도 줄 수 있다. 또한 대부분의 경우 원피스는 어떤 자리에 입어도 결례가 되지 않는다. 편하게 입어도 실례가 아닌 원피스는 앞으로 가장 애용할 만한 아이템이 아닐까 싶다.

지금까지는 위아래가 연결된 원피스를 입으면 몸의 길이가 바로 드러나서 작은 키가 두드러진다고 생각해 원피스를 멀리했다. 실제로 젊었을 때는 원피스를 입어봐도 마땅히 마음에 들지 않았고, 점원도 원피스보다는 다른 아이템을 권했었다. 그랬던 게 키는 변하지 않았는데도 원피스를 입어도 이상하다는 생각이 들지 않았다. 예전에는 자의식 과잉이었고 지금은 필사적이어서 그럴지도 모르지만, 이전에 입던 셔츠와 바지 등의 조합보다 '원피스'에 마음이 향했다. 나는 한 달에 한 번 외출할까 말까 하는 정도라서 외출용으로는 계절별로 최소 세 세트만 갖추면 충분했다. 그렇다면 원피스 열두 벌에 기온에 따라 걸칠 겉옷만 있으면 되니 소장 목록도 훨씬 간단해진다. 나이가 들면 기모노를 입거나 도와다시 현대미술관에 전시된 론 뮤익의 〈스탠딩 우먼〉 조각처럼 원피스를 입고 양말과 플랫슈즈를 매칭한 스타일이 좋겠다고 생각했었는데, 그 시기가 서서히 다가온 건지도 모른다.

친구가 내 담당자인 K씨에게 이런 의견을 미리 전해줘서 가게에 도착하니 K씨가 미리 골라둔 원피스와 겉옷을 보여주었다. K씨가 강력하게 추천한 원피스는 적당한 길이에 감색과 흰색 체크무늬가 들어간 면 소재의 민소매 제품으로, 허리 아래로 주름이 불규칙하게 들어간 플레어 스커트 스타일이다. 목을 끼워넣어 입는 옷이라 지퍼도 없다. 한눈에 마음에 들어 입어보니 별문제가 없어서 구입하기로 했다.

재킷은 두툼한 흰색 면 소재로 단추가 없는 디자인이며 허리 조금 아래까지 올 정도로 짧았다.

"역시 겉옷은 길이가 짧은 편이 어울리네. 다음은 바지인데, 이건 어떨까?"

친구가 진열대에서 골라준 것은 사루엘 팬츠였다.

"엥?"

사루엘 팬츠는 나에게 절대 안 어울린다고 생각했다.

이전에 면으로 된 사루엘 팬츠를 입어봤는데 정말 촌스
럽고 겉돌아서 "고구마 많이 캤어!" 하고 외칠 듯한 작업
복처럼 느껴졌다. 이런 옷은 엉덩이가 작고 다리가 길고
날씬한 사람이 아니면 무리라며 재빨리 벗었던 기억이
났다. 그 이야기를 하자, "면은 신축성이 있어서 안 돼. 이
건 툭 떨어지는 느낌이라 굴곡도 드러나지 않아서 어울
릴 거야"라며 친구도 K씨도 고개를 끄덕인다.

그렇게까지 권한다면, 하고 입어보니 트리아세테이트
와 폴리에스테르 소재라서 어느 정도 두꺼우면서 아래로
떨어지는 느낌이라 내 결점투성이 체형을 잘 가려주면서
날씬해 보인다. 게다가 고무줄 바지라 입기 아주 편하다.

"봐, 어울리잖아. 난 입고 싶어도 못 입어."

친구는 한숨을 쉬었다. 나랑 동년배라고는 해도 피트
니스 센터에도 꾸준히 다니고 온몸에 군살 하나 없이 날
씬하고 아주 멋진 몸매인데 오히려 그게 문제인 모양이다.

"엉덩이에 볼륨감이 없어서 이상하거든. 바지가 입체
감이 없이 납작해져서 궁상맞아. 이런 디자인은 어느 정
도 엉덩이가 있고 살집이 있는 사람이 아니면 못 입어."

디자인적으로는 확실히 엉덩이 주변에는 볼륨감이 있
지만 발목을 향하면서 상당히 좁아진다. '마른 사람은 입
체감이 없어지는구나' 하면서 소재가 다른 사루엘 팬츠를

신기하게 바라봤다. 물론 나는 다리가 짧아서 길이는 수선했다.

"거기에 아까 봤던 흰 재킷도 입을 수 있어."

'그렇구나, 이것도 엉덩이를 가리지 않아도 괜찮구나' 하며 시험삼아 재킷을 걸쳐보니 전혀 문제가 없었다. "이건 어떠신가요" 하며 K씨가 니트 소재의 롱 카디건을 보여주었다. 무릎 아래까지 내려오는 길이다. 하지만 질질 끌리는 듯한 분위기를 지울 수 없다.

"흐음, 아무래도 무릎까지가 한계인 거 같은데" 하며 고개를 갸웃하자, "엉덩이를 가리면서도 길이가 적당한 제품을 찾기는 조금 어렵네" 하고 친구도 인정했다.

K씨는 다시 그 바지에 맞춰서, 품이 넉넉하고 길이가 짧고 광택이 도는 터키블루색 얇은 여름용 스웨터를 보여줬다. 몸통의 사각형과 소매의 사각형을 연결한 듯한, 곡선이 없는 심플한 디자인이다.

"캐주얼한 분위기라 괜찮을 것 같은데."

그러면서 입어보니 보트넥 라인이 너무 큰 듯하다.

"네크라인이 크지 않아?"

그러자 친구는 내 모습을 가만히 보더니 "목 주변에 뭐가 없어서 그런 거 같아. 긴 목걸이 같을 걸 하면 네크라인이 끊어져서 그리 거슬리지 않을 것 같은데"라고 했다.

마침 옆에 있던 목걸이를 걸어보니 네크라인이 거슬리지 않는다.

"목걸이는 가지고 있지?"

"네가 준 목걸이가 여기에 딱일 거 같은데."

"아, 그래. 그러네. 잘됐다."

그걸 본 K씨가 흰 바탕에 갈색과 터키블루로 무늬가 든 면 스카프를 가져다주었다. 색상은 잘 어울린다.

"그 코디도 좋기는 한데. 그 스카프, 달리 사용할 데가 있을까?"

갖고 있는 옷을 생각해보니 다른 옷에는 어울리지 않을 듯하다. 천을 좋아해서 얇은 스카프도 갖고 있지만, 여름에 요즘처럼 더우면 목에 무언가를 두르지는 않을 것 같다. "아니, 안 쓸 거 같네."

"그러면 그 스카프는 안 사는 걸로."

친구와 이야기를 나누다보니, '아, 이런 식으로 안 사도 될 물건들을 계속 사들였었구나' 싶었다. "여기에 이런 아이템을 추가하면 좋습니다"라고 하면 내가 보기에도 그런 것 같아서 스카프니 뭐니 사버렸다. 사두면 여기저기 돌려가며 쓰겠지 했는데, 결국 그 스카프는 그 코디에만 사용하고 사멸하는 꼴이 되었다.

네크라인이 넓을 때 커버하는 법도 알았으니 그 스웨

터도 구입했다. K씨가 사루엘 팬츠에 입을 티셔츠를 권해줬지만 친구가 "티셔츠는 일단 이 스타일에 익숙해진 다음에 사는 게 어때? 꼭 사고 싶다면 상관없지만 말야"라고 해서 일단 익숙해지는 게 중요하므로 친구 말대로 했다.

원피스는 민소매지만 4월이나 5월에는 하얀 재킷을 입으면 되고, 그후에는 집에 있는 라운드넥의 짧고 얇은 카디건을 걸치면 된다. 원피스, 재킷, 여름 스웨터, 사루엘 팬츠를 구입했다. 지금까지 기본적으로 입어왔던 어떤 기본 정장 스타일과도 다르고, 지금까지 샀던 옷과는 전혀 겹치지 않는 디자인의 옷뿐이었다.

패션계에서 일했던 친구가 옷을 사는 모습을 보면서, '정말로 꼼꼼하게 체크하는구나' 하고 감탄했다. 그녀에 비하면 나는 너무 느슨하고 안일하게 옷을 샀다. 그녀는 일단 '원피스가 사고 싶다, 스커트가 사고 싶다'처럼 목적을 갖고 매장에 간다. 그리고 매장에서 마음에 드는 옷을 몇 벌 골라서 입어보는데, 그 확인과정이 무척이나 엄격했다. 예컨대 앞쪽 여밈이 3센티미터 정도 깊게 파였다고 하자. 그러면 "이렇게 하면 어떻습니까?" 하며 점원이 액세서리나 스카프, 이너 등을 보여준다. 하지만 그녀는 내게 조언해주었듯이 그 옷에만 사용하는 물건은 안 샀으며, 그런 걸 꼭 해야 입는 옷이라면 그 옷도 사지 않는다.

주머니의 위치까지도 "이 정도면 됐지 뭐" 하고 타협하지 않았다.

예컨대 수선이 가능한지, 수선해도 옷의 균형이 무너지지 않는지를 고려한다. 뒤집어서 봉제선도 꼼꼼하게 확인한다. 사이즈가 딱 맞아도, "앞으로 몇 번이나 입을까" 하면서 거울 속 자기 모습을 본다. 여하튼 입어보고 또 입어보고의 연속이다. 내가 볼 때는 전혀 문제가 없고 어울리는 옷도 몇 번이나 입을지 가늠해본 다음 결정한다. 내가 종종 그랬듯이 "일단 있으면 입을지도 몰라" 하며 구매하는 일은 절대 없었다.

친구의 쇼핑도 끝나서 매장 근처에 위치한 카페에서 한동안 멍하니 있었다. 그런데, 그렇게 엄격하게 확인하고 사도 안 입는 옷이 생기는 모양이다.

"정말? 그렇게 꼼꼼하게 확인했는데?"

"그렇다니까. 엄선하고 또 엄선했다고 생각했는데 그래도 안 입는 옷이 나오니 신기하단 말야."

엄선해서 구입하는 그녀가 그럴 정도니 '있으면 편리하다' 주의인 내 옷장에 안 입는 옷이 쌓이는 것도 당연했다. 그녀는 안 입는 옷은 브랜드 상품 중고매장을 운영하는 지인에게 위탁해서 판매한다는데 안 팔려서 회수한 적은 없단다. 친구는 센스가 뛰어난데다가 옷을 거의 수선하지 않고 입을 수 있지만, 나는 겉옷일수록 소매나 기장 등을 수선해야 해서 안 입는 옷도 팔지 못한다.

"이 옷은 기장은 딱 맞는데 왜 소매가 짧을까. 이 바지는 허리는 맞는데 길이가 엄청 짧아"라고 말할 듯하다. 그래서 팔지도 못하고 버릴 수밖에 없다.

집에 돌아와 여름용 얇은 바지 세 벌을 버렸다. 세 벌모두 겨울에 입고 처분한 검은색 바지의 여름용 버전인 크롭트 팬츠다.

그리고 그 바지를 입을 때 엉덩이를 가리기 위해 걸쳤던 카디건도 두 벌 버렸다. 두 벌만 버릴 생각이었는데 흰색 얇은 카디건 소매에 남은 얼룩이 빨아도 지워지지 않아서 같이 버렸다. 면 소재의 7부 소매 롱 튜닉도 입으면 무척 시원하지만, 어두운 색이라 더워 보여 처분했다. 네 벌을 구입하고 일곱 벌을 처분. 이런 상태로 계속해서 옷을 바꿔가고 싶다.

그후로도 원피스 열기는 식지 않아서 블라우스와 스커트를 매치하면 원피스처럼 보이는 것은 남기고 다른 셔츠와 블라우스는 전부 버렸으며, 원피스와 기장이 짧고 두툼한 니트 카디건 등을 구입했다. 이전까지는 겨울에 특히 추위를 타서 바지는 필수였지만, 한의원에 다니면서부터 겨울에 추위를 타지 않게 되었다. 한의사 선생님 말로는 몸에서 스스로 열을 만들게 되어서라는데, 여하튼 겨울에는 반드시 바지라는 공식에서 벗어나게 됐다. 원피스라지만 몸의 선이 드러나거나 노출이 많지 않은 옷이라 겨울에도 타이츠를 신으면 입을 수 있고 허리 부분만 따뜻하게 해주면 괜찮다.

결과적으로 현재 가진 의류는 상복, 파자마, 속옷을 제외하고 마흔세 벌이다. 『욕망과 수납』 때와 비교해서 일곱 벌밖에 줄지 않았지만, 원피스를 기본형으로 만들어가는 과도기여서 앞으로는 좀더 줄일 수 있고, 줄이는 일도 전혀 두렵지 않아졌으니 옷장이 텅텅 비는 일도 꿈이 아니라고 기대해본다.

옷뿐만 아니라 그에 추가되는 소품도 처분해야만 한다. 안치수 폭 44센티미터, 깊이 37센티미터, 높이 6센티미터짜리 수납장 위쪽의 작은 서랍에는 액세서리를 구입하는 족족 채워넣기만 했지 정리한 적이 없어서, 오래된 것과 새것이 뒤죽박죽이었다. 이쪽도 일단 무거운 것부터 처분한다는 철칙에 따라, 오랫동안 애용했던 스티븐 드웩의 실버와 브론즈 체인 두 개, 인조 진주와 금속 볼이 교대로 들어간 목걸이 한 개를 처분했다.

이 세 가지 액세서리에는 정말이지 신세를 많이 졌다. 뭔가 포인트가 필요할 때 했는데 두꺼운 체인과 진주알,

크리스털 펜던트의 존재감이 강한지 여러 사람에게 칭찬받았다. 체인과 헤드를 따로따로 고를 수 있고, 어딘가 전통적인 분위기도 풍겨서 어떤 옷과도 어울렸다. 하지만 실버 체인은 금세 거무스름해져서 사용하고 나서 금속용천으로 닦아도 도저히 닦이지 않았다. 목에 닿는 부분이 검어져 너무 신경쓰여서 구입 매장에 자주 드나들며 손봤는데, 역시 무거운 제품은 감당하기 힘들어졌다. 피곤할 때는 목에 걸리는 무게가 더 무겁게 느껴져 이걸 하면 그날의 몸상태를 알 수 있었다.

최근에는 이전만큼 무겁게 느껴지지는 않았지만, 나이 들수록 이 무게가 점점 힘겨워질 것 같아서 처분하기로 결정했다. 세 개 모두 꽤 많이 사용해서 쓸 만큼 썼다 싶어 망설이지 않고 처분했다. 진주알과 크리스털 펜던트 헤드는 기모노의 허리띠 장식이나 지갑 장식으로 사용 가능할 듯했다. 그 외에 주로 여름에 사용하던 작은 진주알과 비즈가 얽혀 있는 것, 대만에서 구입한 산호 등이 있는데 이것들은 가벼워서 그대로 두었다.

목걸이를 새로 구입하는 기준도 당연히 가벼움이다. 아주 오래전에 구입한 진주 목걸이는 가벼워서 좋지만 진주알이 커서 캐주얼 복장에는 어울리지 않았고, 땀이 많이 나는 계절에는 아무래도 꺼려진다. 하지만 필요할 때가 있으니 진주 종류는 그대로 두고 '캐주얼 복장에 어울릴 만한 가벼운 제품은 없을까' 하고 찾다가 런던 브랜드의 비즈 목걸이를 발견했다. 시험삼아 사봤는데 정말 가벼운데다가 비즈 액세서리처럼 싸구려처럼 보이지도 않았고, 가격도 몇천 엔으로 부담이 없어 뜻하지 않은 수확이었다.

디자인은 같고 색이 다른 제품 두 개와 디자인이 다르고 조금 볼륨이 있는 제품 한 개를 구입했는데, 이것만으로도 가벼운 외출용은 해결될 듯했다. 그 외에 코튼펄과 구슬 모양의 실크를 연결한 롱 목걸이 등 가벼운 걸로 몇 점을 남겼다. 반지 다섯 개는 이번에는 처분하지 않았다. 도미니크 로로처럼 반지는 하나면 된다는 경지에는 아직 이르지 못했지만, 일단 액세서리는 이 작은 서랍 하나로 해결되니 앞으로 어지르지만 않으면 괜찮을 듯해 상황을 지켜보는 중이다. 결국 플러스마이너스 제로로 가짓수는 그대로다. 벨트는 검은색과 갈색의 심플한 디자인 제품 두 개밖에 없는데, 예전에 스커트를 엉덩이 사이즈에 맞춰서 구매했더니 허리가 커서 사용했을 뿐, 최근에는 거의 사용하지 않았다. 원피스파가 되면 벨트는 앞으로 더욱 쓸 일이 없겠지만, 폭과 길이가 딱 마음에 드는 벨트를 찾기가 어려우니 일단 상황을 지켜보기로 하고 남겨두었다.

스카프는 언젠가 정리해서 바자회에 보낸 후 한 장도 구입하지 않아서 수량은 안 늘었다. 그중 한 장은 내게 색상이 어울리시 않는 것 같아 소파 쿠션을 씌우는 쿠션 덮개로 사용한다. 그런 의미에서 한 장 줄었다고 볼 수도 있겠다.

스카프를 보면 사고 싶어질 것 같아서 백화점 매장에도 안 가고 카탈로그도 안 본다. 스카프는 액세서리를 넣는 서랍과 같은 크기의 옆 칸에 개서 넣어둔다. 천을 좋아하는 사람으로서 예쁜 천을 버리는 일이 정말이지 괴롭다. 지난번 바자회에 보낼 때 안타까워하며 골랐던 탓에, 여기서 또 추려내기란 조금 힘들다.

요즘 구입한 원피스는 전부 민무늬라서 스카프로 색감을 더해주면 좋겠구나 싶은데, 결단력이 부족한 탓에 이쪽 역시 도미니크 로로처럼 스카프는 한 장이면 충분하다고 단호하게 말하지 못한다. 스카프는 디자인적으로 잘 고안해서 프린트하기 때문에, 네모난 천을 어떻게 묶느냐, 어떻게 접느냐에 따라 한 장으로도 여러 가지 표정을 만들 수 있다고 한다. 하지만 매는 방법이 수십 가지라도 그 가운데 취향에도 맞고 나에게 어울리는 방법은 많지 않다.

목 옆쪽에 장미꽃처럼 매듭을 묶고 앞뒤로 남은 천을

늘어뜨리기, 삼각형으로 접어서 두 끝점을 목뒤로 묶기, 아래쪽 양끝을 뒤로 돌려 등뒤로 묶기, 블라우스 느낌으로 만들기도 서양의 금발 모델이 하면 멋진데 내가 하면 어린아이의 배두렁이처럼 될 뿐이다. 스카프 활용법은 수없이 많지만 어울리는 방식과 사용할 만한 방식은 정말로 적다.

정말 패션에 관심이 많아서 이것저것 연구하는 사람이면 몰라도, 보통은 스카프 한 장을 마음에 드는 두세 가지 패턴 정도로 사용하지 않을까. 나도 인터넷에서 스카프 활용법을 찾아봤다가 너무나 다양해서 놀랐다. 마술처럼 한 장의 천이 변하는 모습을 보는 게 정말이지 재밌었고 모델인 여성에게는 전부 어울렸지만, 내가 직접 한다고 냉정하게 생각하면 역시 어렵다.

그래서 늘 같은 방식으로 묶는데 그러면 늘 같은 색의 같은 무늬가 나오니까 결국 다른 색상과 무늬의 스카프가 갖고 싶어진다. 그러다보니 나도 모르는 사이에 서랍이 가득차서 안타까워하며 바자회에 보냈던 것이다. 물건을 버리는 일이 두렵지 않아졌다고 했지만, 모든 물건이 그런 건 아니니 문제다. 솔직히 "누가 좀 내게 어울리는 물건만 골라줘" 하고 외치고 싶은 날도 있었다.

스카프 중에 염색을 하지 않은 천연색으로 된 민무늬

스카프가 있었는데, 일반 옷에 맞추기는 어려운 색이었지만 기모노의 오비아게나 코트 안감으로는 사용할 만해서 기모노 서랍장 쪽으로 옮겼다. 스카프로 가방이나 조리를 만들어주는 서비스도 있는 모양이지만, 그런다 해도 잘 쓰지 않을 것 같아서 네모난 천으로 그냥 두는 게 나을 듯했다. 정리를 일단락한 후 다시 한번 일일이 얼굴에 대보면서 뭘 처분할지 결정하는 편이 좋을 듯해 일단 보류했다. 스카프는 1년에 네 장만 있으면 충분할 것 같아 그걸 목표로 삼았다. 언젠가 네 장만 남으면 아이템 착용 기간도 체크해볼 수 있을지 모른다. 역시 전체를 분석해서 가시화하는 것과 그렇지 않은 것은 다르다. 그래서 다시 도전해볼까 생각중이다.

속옷

눈에 보이는 불필요한 큰 물건은 어떻게든 집밖으로 내보냈으니 이제 눈에 보이지 않는 물건도 처분해야 한다. 어디부터 손을 댈까 고민하다가 '요즘 들어 속옷이 계속 늘어나는 것 같은데……' 하는 생각이 떠올랐다. 옷을 몇 벌이나 갖고 있는지 체크할 때도 대부분의 경우 파자마와 속옷, 양말은 제외한다. 하지만 그것들도 분명 몸에 두르는 의류에 속하고, 물건을 줄이려면 그 수량을 확인해야 한다.

무인양품에서 구입한 수납함 네 개를 붙박이장에 넣어두고 그중 두 개에 속옷을 정리해뒀다. 하나는 위에 입는 속옷용으로, 또하나는 아래에 입는 속옷용으로 쓰는데,

팬티는 편의상 탈의실 서랍에 넣어둔다.

미니멀리스트 중에는 팬티는 세 장이면 충분하다는 사람도 있다. 착용중인 것, 세탁중인 것, 여분일 터인데 매일 손빨래를 해서 말리면 가능할지 모르지만, 비가 계속 내리면 마르지 않기도 하고 특히 요즘에는 장마철이 아니어도 습도가 높은 날이 이어지기도 해서 빨래가 좀체 마르지 않는다. 그렇다고 매번 건조기를 사용하자니 그것도 낭비인 것 같다.

'무조건 소유물을 줄이는 운동'을 혼자서 진행중이라고 자랑하는 친구에게 그 이야기를 하자 "맞아, 속옷은 많이 필요 없어. 몸은 하나뿐이잖아. 난 1년에 탱크톱과 팬티 세 세트면 돼. 양말도 똑같은 검은색으로 세 켤레밖에 없고" 하고 잘라 말한다.

"뭐? 양말도?"

"응. 관혼상제용으로 스타킹이 필요할 때만 한 켤레 사서 신고서 그냥 갖고 있었거든. 근데 요전에 검은색 스타킹은 구멍이 나서 버렸고, 살구색은 신발 안쪽에서 검게 물들어서 바로 버렸어. 그래서 지금은 하나도 없어"라고 한다. 스타킹은 요즘에는 모든 편의점이나 드러그스토어에서 파니까 필요할 때 사면 되니 갖고 있을 필요가 없단다.

평상시에 친구나 지인에게 "팬티 몇 장이나 있어?" 하고 묻지도 않고 팬티 수량에 대해 대화할 일도 없다보니 친구의 속옷 수량을 듣고 깜짝 놀랐다. 친구는 매일 밤 세 가족의 빨래를 모아서 세탁기를 돌리고 한꺼번에 건조한 뒤 아침마다 건조기에서 꺼내 입는단다.

"현대적인 생활이네" 하고 중얼거리자 친구는 고개를 저었다.

"도심 속 좁은 단독주택에서는 밖에 빨래를 널기가 힘들고, 사실 그러지도 않아. 햇볕도 문제지만, 이웃집에서 '창문을 열면 당신네 빨래가 보여서 싫으니 밖에 안 널면 좋겠다'는 얘기도 나오는 모양이야."

베란다에 빨래를 못 널게 하는 맨션도 있는 모양인데, 단독주택에서도 주위 환경 때문에 마음껏 빨래를 못 넌다는 걸 처음 알았다. 기본적으로 건조기를 사용한다면 기계가 고장나지 않는 한, 날씨가 어떻든 빨래를 말릴 걱정이 없으니 세 세트만으로도 가능할 것이다.

"우리집에서는 세탁기와 건조기를 견딜 만한 소재만 써."

확실히 면이나 견직물은 건조기에 돌리면 안 좋다는 말을 들은 적이 있다. 합성섬유가 손상이 덜하다는 이야기였는데, 내 속옷은 전부 천연 소재다.

피부에 직접 닿는 의류는 겉에 입는 것보다도 착용감

을 중시해서 고르는데다가, 일단 우리집 세탁기도 건조 기능이 있기는 하나 거의 세탁과 탈수 기능만 사용한다. 비가 계속 내려서 빨래가 잔뜩 쌓였을 때 건조 기능까지 풀코스로 돌려봤는데, 오가닉코튼 소재로 된 파자마가 엉망이 돼 그 뒤로는 며칠씩 비가 내릴 때가 아니면 건조 기능은 사용하지 않는다. 속옷과 양말을 세 세트로 줄인 친구의 생활은 정말이지 부럽지만, 그러려면 다른 소재를 선택해야만 한다. 줄곧 천연 소재로 된 속옷만 입어와서 요즘 나오는 합성섬유 소재의 속옷, 특히 팬티는 입어본 적이 없다. 어쩌면 쾌적할 수도 있고, 그저 그럴지도 모른다. 시도해볼 필요가 있을지는 모르지만, 지금은 내 생활과 잘 타협을 해서 수량을 줄여야만 한다.

친구가 들려준 충격적인 '속옷과 양말 세 세트' 생활에 최대한 다가가고자, 먼저 위에 입는 속옷이 든 수납함을 들고 나와, 기모노를 갈아입거나 갤 때 사용하는 천을 거실 바닥에 깔고 그 위에 전부 꺼내보았다.

"우와, 이렇게 많았나?"

네모난 수납함에 들어 있을 때는 잘 몰랐는데, 전부 꺼내보니 제법 작은 산이 만들어졌다.

"후유…… 절대로 이건 다 못 입어."

가까이에 놓인 속옷을 들고는 '아, 이것도 있었지' '어라 이런 것도' 하며 이제껏 방치했던 속옷 관리를 진심으로 반성했다.

원래 피부가 약해서 합성섬유 제품을 입으면 그 부분만 피부가 빨개져서 줄곧 무명이나 견직물 소재로 된 제품을 이용했고 그중에도 건조가 빠르고 착용감이 좋은 견직물을 즐겨 입었다. 산더미처럼 쌓인 속옷 중에 브래지어는 두 벌뿐이라는 건 파악하고 있었다. 젊었을 때는 프랑스제 코튼레이스 브래지어 등을 다양하게 사봤지만, 이제는 몸이 쪼그라들면서 가슴도 작아져서 A컵이 되어 색상과 무늬를 고르거나, 모아주고 올려준다는 기능을 중시해서 고르는 것이 아닌 사이즈가 맞는 제품을 고르는 것이 중요했다. 와코루 라제 제품 중에는 A컵이 있고, 내 처진 어깨에도 끈이 흘러내리지 않아, 아무 장식도 달리지 않은 심플한 디자인으로 된 베이지 톤으로 두 벌 갖고 있다. 집에서는 치마를 거의 입지 않아서 외출용 검은색 실크 속반바지는 무릎 아래 오는 것과 무릎 위 길이로 두 벌을 갖고 있다. 이 외의 속옷은 몇 벌인지 파악하지 않았다.

옆에 쓰레기봉투를 준비하고 속옷으로 이뤄진 작은 산을 허물어보니 놀라울 정도로 탱크톱뿐이다. 캐미솔 타입은 어깨에서 끈이 흘러내려서 이를 피하고자 탱크톱을 입게 되어서다.

실크 탱크톱: 베이지색 여섯 벌

실크 탱크톱: 검은색 세 벌

실크 캐미솔: 베이지색 두 벌

실크 캐미솔: 검은색 두 벌

실크 캡인캐미솔: 흰색 한 벌

실크 캡인캐미솔: 검은색 한 벌

실크 캡인캐미솔: 베이지색 한 벌

면혼방 캡인탱크톱: 검은색 세 벌

면혼방 캡인탱크톱: 회색 두 벌

실크 탱크톱은 1년 내내 속옷으로 입는다. 베이지색이 많은 건, 두께가 적당하고 품질이 괜찮은 물건을 취급해서 애용중인 매장에서 베이지색과 검정만 선택할 수 있어서다. 탱크톱은 한여름에도 티셔츠 안에 입는데다가 땀을 흘리면 바로바로 갈아입어서 많이 필요했다. 존재를 잊고 지냈던 회색 면혼방 캡인탱크톱은 보트넥 튜닉 색상에 맞춰 구입했었는데 그 튜닉을 결국 처분해서 필요 없어졌는데도 그대로 서랍 속에 처박아두었다.

이것만도 꽤 많은데 다른 것도 나왔다.

땀받이가 있는 실크 프렌치슬리브: 베이지색 세 벌

땀받이가 있는 면혼방 프렌치슬리브: 베이지색 세 벌
　땀받이가 있는 면혼방 프렌치슬리브: 검은색 세 벌
　땀받이가 있는 면혼방 프렌치슬리브: 흰색 세 벌

　한 벌씩만 있어도 될 텐데 왜 이렇게 많을까. 땀받이가 있는 제품은 겨드랑이 부분이 조금 두툼해서 땀이 겉옷에 스미는 걸 막아준다. 마음에 들어 구입한 옷은 되도록 오래 입고 싶으니 여름옷이 상하는 걸 막으려면 필요한 속옷이었다. 하지만 최근에는 '가격이 부담 없는 옷을 구입해서 한철만 입으면 새롭게 교체할 수도 있고 필요한 속옷도 줄일 수 있지 않을까' 하고 생각이 바뀌었다. 한철만 입는다면 땀받이 기능은 필요 없겠다 싶어서 전부 쓰레기봉투에 넣었다. 일단 열두 벌은 처분했다. 그 외에도 더 있었다.

　실크 반소매 셔츠: 흰색 세 벌
　실크 반소매 셔츠: 검은색 세 벌
　실크 7부 소매 셔츠: 흰색 세 벌
　실크 7부 소매 셔츠: 검은색 세 벌
　겉은 울, 안쪽은 실크로 된 탱크톱: 베이지색 세 벌
　안에 기모가 든 7부 소매 셔츠: 흰색 세 벌

완전히 세 벌 지옥이다. 인간은 숫자를 고를 때 무심코 '3'을 선택하는 걸까. 포장지도 뜯지 않은 기능성 속옷도 흰색 한 벌과 검은색 두 벌로 이쪽도 세 벌이다. 기능성 속옷은 세탁할 때마다 피부에 거부반응이 일어나 여름용과 겨울용을 전부 처분했는데도 아직 이렇게 많다.

"안 돼, 이건 아니라고."

생각지도 못한 많은 양에 나도 놀라 스스로를 질책한다. 땀 흡수나 방한 용도로 입던 속옷은 전부 버리고 '무조건 소유물을 줄이는 운동'중인 친구 흉내를 내보려고 시험삼아 탱크톱과 캐미솔만으로 지내봤다. 겨울에는 어디를 가든 난방중이고 추우면 겉옷을 입어 조절하면 되니까 소매가 달린 속옷은 전부 처분했다. 면혼방의 회색 캡인탱크톱도 버렸다. 덕분에 남은 건 브래지어 두 벌과 열아홉 벌의 탱크톱과 캐미솔뿐이다. 많은 건지 적은 건지는 모르겠지만 수납함에 확실히 여유가 생겼다. 그리고 이제는 소매 달린 속옷이 없어도 전혀 문제가 없다는 걸 깨달았다. 탱크톱과 캐미솔 열아홉 벌은 너무 많은 듯하니 앞으로는 최소한 절반으로 줄였으면 한다. 그래도 기본 탱크톱과 캡인탱크톱을 분리해서 수납함에 적당한 종이상자로 구분해서 넣자 얼마나 보기 편한지 모른다. 실크는 금방 닳으니까 못 입게 됐을 때 새로 사지 않는 식으로 유지하면 의외로 수량이 줄어들지도 모른다. 이건 희망사항이긴 하다.

다음은 아래에 입는 속옷이다. 이쪽은 속옷 상의에 비해 수량이 적고, 7부 기장과 긴 내의, 그리고 팬티 종류다.

실크 폴레깅스: 흰색 세 벌
실크 폴레깅스: 검은색 세 벌
실크 7부: 흰색 세 벌
실크 7부: 검은색 세 벌
안쪽이 기모로 된 실크 7부: 흰색 두 벌
모달 폴레깅스: 베이지 다섯 벌

이 속옷류는 겨울에 기모노를 입을 때 방한용으로도 입는다. 이쪽도 거의 세 벌 지옥이지만, '이렇게까지 필요할까' 하고 눈앞에 줄줄이 늘어놓고 생각했다. 각각 어느 정도 입었나 생각해보니 기모노를 입을 때 정도만 착용했고, 바지를 입을 때는 얇은 제품이라도 다리가 두꺼워 보일까봐 거의 안 입었다. 하지만 하체를 따뜻하게 해야 건강에 좋다는 말이 떠올라서 다시 한번 곰곰이 생각해볼 참으로 천 위에 꺼내둔 채 처분을 보류했다.

다음날 조제한 약을 받으러 한의원에 간 김에 선생님

에게 그 이야기를 꺼냈다. 그러자 선생님은 "이제 스스로 몸에서 열을 낼 수 있으니까 그렇게 속옷을 껴입지 않아도 괜찮습니다"라고 대답해주셨다. 몸에 쌓인 불필요한 수분을 배출하자 그뒤로 확실히 더위는 물론이고 특히 추위에 강해진 기분이다. 수분이 몸에 쌓여 있을 때는 더워도 땀이 나지 않거나, 반대로 식은땀이 줄줄 흘렀었고, 추우면 서글플 정도로 몸이 차가워져서 집에서도 위아래로 겹겹이 껴입어 오뚝이 같았다. 하지만 최근 몇 년 동안 그런 일은 없었고, 예전보다 얇게 입어도 문제가 없었다.

"괜찮으니까 버리세요."

선생님은 단호하게 말했다.

"그럼 버릴까요."

집에 돌아와 천 위에 그대로 두었던 속옷을 해진 곳은 없는지 하나하나 재점검했다. 모달 소재의 속옷은 자주 입었던 탓에 이미 무릎과 엉덩이처럼 압력이 가해지는 부위가 부분적으로 얇아져 전부 버렸다. 기모가 들어간 것도 생각해보니 입은 적이 없어서 전부 버렸다. 실크 폴 레깅스와 7부 중에서 상태가 가장 좋은 흰색과 검은색 한 벌씩, 통틀어서 네 벌만 남기고 나머지는 버렸다. 위에 입는 속옷 수납함에 종이상자를 넣고 아래 속옷 네 벌도 넣었다. 속옷 상하의가 수납함 하나에 전부 들어가니 개운했다. 수납함을 열고 "이건가, 저건가" 하며 헤집다가 줄줄이 엉켜서 딸려 나오는 것을 우울하게 바라보던 예전과는 너무도 달랐다. 완전히 빈 수납함 하나는 일단 그대로 두었다.

성격상 단번에 해치우려고 들면 지쳐서 자포자기하는 탓에 양말 정리는 사흘 후에 착수했다. 양말은 서랍장 두 칸에 가득차 있다. 옆 서랍장의 위쪽 서랍에는 액세서리와 스카프가 각각 들어 있다. 일단 아무 생각 없이 천 위에 모조리 쏟아놓으니 이쪽도 산더미다.

"분명히 샀는데 어디로 간 거야" 하며 찾아 헤매던 양말, 수십 년도 전에 이탈리아에서 샀던 돼지 그림이 담긴 양말, 기억도 나지 않는 아무 장식도 없는 심플한 가터벨트 하나가 왜인지 스타킹과 함께 나왔다. 봄여름용 얇은 양말, 가을겨울용 두툼한 양말, 방한용 수면 양말, 속양말, 목이 짧은 양말, 목이 긴 양말, 팬티스타킹, 데니어와 색깔이 각각 다른 타이츠 등 이쪽도 상당히 많이 서랍에 쌓여 있었다.

"하아~"

어쩌면 이리도 정리를 못하는 건지 스스로가 한심했다. 양말 세 켤레만 가진 친구와 달라도 너무 다르다. 천 위에 각각 놓고 종류별로 분류해보니 소재와 색깔이 달라 개수가 늘어났다는 사실도 깨달았다.

　낱개 판매를 안 해 세 켤레를 한 세트로 구입한 펌프스
용 속양말: 두 세트

　야잠사로 된 발가락 양말: 아이보리색 다섯 켤레

　면 속양말: 검은색 한 켤레

　면 속양말: 회색 한 켤레

　면 속양말: 파란색 한 켤레

　면 속양말: 녹색 한 켤레

　짧은 면양말: 감색 세 켤레

　짧은 면양말: 검은색 다섯 켤레

　짧은 면양말: 회색 두 켤레

　짧은 면양말: 겨자색 한 켤레(겨자색 외에 울 소재도 같
은 수량 있음)

　짧은 마 소재 멜란지양말: 짙은 감색 한 켤레

　짧은 마 소재 멜란지양말: 파란색 한 켤레

　짧은 마 소재 멜란지양말: 회색 한 켤레

　짧은 마 소재 멜란지양말: 베이지색 한 켤레

　긴 양말: 짙은 감색 두 켤레

　긴 양말: 검은색 두 켤레

　이탈리아제 아동용 돼지 그림 양말: 한 켤레

체크무늬 양말: 세 켤레

팬티스타킹: 두 켤레

팬티스타킹 상복용: 검은색 한 켤레

가터벨트용 스타킹: 두 켤레

80데니어 타이츠: 검은색 다섯 켤레

80데니어 타이츠: 짙은 감색 세 켤레

80데니어 타이츠: 짙은 갈색 한 켤레

80데니어 타이츠: 회색 한 켤레

안에 기모가 든 긴 울양말: 회색 세 켤레

두툼한 짧은 울양말: 빨간색 한 켤레

손뜨개 양말: 두 켤레

수면 양말: 세 켤레(여름용은 마 소재, 가을겨울용은 울 소재)

독자분에게 받은 수면 양말은 겨울에 목욕하고서 신으면 정말 따뜻해서 애용하는 거라 남겨둔다.

하지만 이렇게 산더미처럼 갖고 있을 필요는 절대로 없다. 양말도 계절별로 나누지 말고 1년 내내 신을 만한 소재로 골랐다. 마양말과 기모양말은 전부 버렸다. 애용했던 야잠사로 된 발가락 양말은 전부 낡아서 신을 수 없어서 버렸는데, 평상시에 신는 양말을 통틀어 세 켤레는 조금 힘들 듯해서 여섯 켤레로 정했다. 색깔은 감색과 검은색과 회색을 고르고 울양말은 버렸다. 돼지 그림이 들어간 양말은 신고 있던 양말과 바꿔 신고서는 벗은 양말을 쓰레기봉투에 넣는다. 속양말은 신게 될 신발에 맞춰 검은색과 회색 한 켤레씩 됐다. 무늬가 들어간 옷보다 민무늬 옷을 입을 때가 많아서 포인트용으로 각각 다른 무늬로 된 체크무늬 양말을 세 켤레 갖고 있었지만, 전혀 신지 않아서 그것도 버렸다. 펌프스는 맨발로는 신지 말자 하고 속양말은 모두 처분했다.

세 켤레를 세트로 산 것 중 두 켤레가 남아 있던 뜯지 않은 팬티스타킹은 남기고, 검은색도 상복 입을 때 신으니 혹시 몰라 남겨둔다. 검은색과 짙은 감색의 긴 양말도 한 켤레씩 남기고, 어디선가 날아와서 서랍에 들어갔다고밖에 볼 수 없는 스타킹과 가터벨트도 처분했다. 가장 자주 사용하는 80데니어 타이츠 가운데 짙은 감색 두 켤레와 겨울철 상갓집 갈 때 쓸 검은색 한 켤레는 남기고 나머지는 버렸다. 검은색이 아니라 짙은 감색을 남긴 이유는, 어디선가 검정 타이츠보다 짙은 감색 타이츠를 신으면 다리가 가늘어 보인다고 읽어서다. 아직 시도해본 적이 없어 정말인지는 모른다. 빨강 양말은 환갑 선물로 받은 제품이기도 하고 손뜨개 양말도 직접 짠 거라 애착이

가서 남겼다.

쓸데없는 생각을 하지 않고 단순하게 후딱후딱 버렸더니 순식간에 산더미가 낮아졌고 겹치지 않고 늘어놓을 정도로 줄었다. 소유한 의류 숫자에 속옷과 양말을 포함하지 않는 건 맹점이 아닐까 생각했다. 나만 그런지는 몰라도, 소품은 부피가 커지지 않는데다 마음에 드는 물건을 할인해서 팔면 '여벌이 필요하니까' 하며 무심코 여러 개를 사버렸다. 양말도 세 켤레에 천 엔이라고 하면 한 켤레만 필요한데도 '소모품이니까 괜찮겠지' 하고 사버리니 숫자가 늘어난다. 소모품이라면 수량이 그리 늘 리가 없는데도 결국은 거의 소모하지 않은 셈이다. 옷은 그나마 눈에 띄지만 속옷이나 양말까지는 수량을 파악하지 않았다가 막상 꺼내놓고는 "이렇게 많았나" 하고 깜짝 놀랐다. 무엇이든 내 정리 능력이 부족한 탓이니 자업자득이지만, 자주 수량을 확인하지 않다가 막상 꺼내보면 아무리 작은 물건도 어느 순간 방에 작은 산을 이룬다는 사실을 깨달았다. 특히 겨울 필수품이었던 안에 기모가 들어간 긴 양말이 부피를 많이 차지해서 말썽이었는데 서랍을 매끄럽게 여닫을 수 있게 돼 기쁘다.

양말 세 켤레까지는 아니지만, 먼저 이걸 기준으로 줄여가고 싶다. 팬티와 마찬가지로, "양말을 몇 켤레나 갖고 있습니까?" 하고 다른 사람에게 물어본 적이 없어서 많은지 적은지 모르겠지만, 나로서는 꽤 줄여서 개운했다. 사실 양말이 몇 켤레 있느냐고 물었을 때 "몇 켤레 있습니다"라고 대답한다는 게 자기 물건을 파악하고 관리한다는 증거일 터다. 그러니 내가 관리했던 물건은 브래지어뿐인 셈이다. 브래지어가 몇 벌이냐고 묻는다면 "두 벌 있습니다" 하며 A컵의 가슴을 펴고 대답했을 텐데 아무도 물어봐주지 않아 아쉬웠다.

이번에는 1년 내내 신을 만한 소재로 엄선했지만, 양말도 검은색이니 회색이니 하며 색을 구분하지 않고 전부 같은 색으로 통일하면 관리가 좀더 편해질 것이다. 하지만 바지를 입을 때는 몰라도 치마에 양말을 신을 때는 다리가 짧아 양말의 길이가 미묘하게 차이나도 문제가 된다. 그런 것까지 다 고려하면 다시 살 게 늘어나니까 차라리 치마를 입을 때 신는 양말의 길이를 일정하게 정해버리거나, 겨울에는 바지만 입자고 정하면 그럴 필요가 없어진다. 차라리 스커트를 안 입으면 그런 고민도 필요 없어질지도.

이런저런 생각을 했지만, 옷장 정리를 하면서 외출할 때는 원피스를 입자고 거의 결정해서 그에 어울리는 양말과 타이츠는 남겨뒀다. 원피스에 어울리는 길이의 양말을 정해두면 바지를 입을 때는 상관없으니 앞으로는 원피스를 중심으로 양말 길이를 선택하면 된다.

그래도 더 줄이려면 집에서 입는 옷과 외출복을 통일하면 가장 좋겠지만, 평상시에 집에서 집안일을 하거나 글을 쓸 때는 바지가 편하다. 기모노를 입을 때도 있는데 그때는 왜 불편하지 않을까 생각해보니, 다른 사람에게 보일 수는 없지만, 청소할 때는 옷자락을 걷어올리기 때문이다. 속에는 늘 스테테코를 입으니 바지 스타일과 별반 다르지 않다고 할 수도 있다.

일단은 이번에 줄어든 양말을 시작으로 앞으로는 버리더라도 새로 구입하지 않고 순차적으로 줄여갈 생각이다. 하지만 객관적으로 보면 이것도 많다. 탱크톱과 양말 세 세트만 남기는 건 상당히 어려운 경지이지만 최소한 양말을 열 켤레 정도로 만들고는 싶다.

파자마 같은 경우 없는 사람도 많다. 굳이 사지 않더라도 밖에 입고 나가기 꺼리는 스웨트 소재나 티셔츠 등으로 대신하는 사람도 많다. 그중에는 실내복으로도 겸용해서 집에 돌아오면 그걸로 갈아입고 그대로 잤다가 아침에 같은 차림으로 편의점에 물건을 사러 가는 사람도 있다. 그렇게 하면 옷의 수량도 줄어서 좋지만 내게는 어려운 일이다.

어렸을 때부터 습관이 그렇게 들어서 반드시 파자마로 갈아입는다. 실내복과는 별도다. 안 그러면 아무래도 불편하달까, 잠을 잔다는 생각이 안 든다. 하지만 이는 곧 물건이 늘어난다는 의미이기도 하다. 듣자 하니 파자마로 갈아입는 행위는 잠을 자기 위해 스위치를 켜는 셈이라 쾌면의 첫걸음이라고 한다. 나는 매일 밤 입욕을 하기 때문에 목욕을 마치자마자 파자마로 갈아입는데, 그게 쾌면에 영향을 주는지 어떤지는 모른다. 쉽게 잠들기는 하지만.

이전에는 피부에 안 맞는 천이 몸에 닿으면 자극적이라 파자마도 오가닉코튼 제품만 이용했는데, 면 소재로 된 제품이면 뭐든 괜찮아져서 파자마의 선택지도 넓어졌다. 겨울에는 거즈를 겹쳐 만든 파자마를, 여름에는 무늬가 들어간 얇은 거즈 파자마를 입었다. 평상시에는 꽃무늬 옷을 전혀 입지 않다보니 파자마를 입을 때나마 꽃무늬 옷을 입으니 정말 좋았고, 색상도 오렌지색이나 핑크색 등 선명한 색상에 되도록 화려한 무늬가 들어간 걸로 골라 여름, 겨울용으로 각각 세 벌씩 갖고 있었다.

파자마는 자주 빨다보니 금방 해져서 한동안은 무늬만 다르고 디자인은 같은 제품을 샀었는데, 소재에 크게 예민할 필요가 없어지면서 시험삼아 무인양품에서 오가닉코튼이 아닌 소재로 된 파자마를 사서 입었는데 아무런 문제도 없었다. 그후로는 전부 무인양품에서 두툼한 것과 여름용으로 얇은 것을 구입했다.

하지만 몇 년 전이었나 계속되는 열대야에 쉽게 잠이 드는 나조차도 힘겨운 시기가 있었다. 잘 때는 에어컨을 틀지 않는 터라 몸에 부담을 주지 않으면서 무더운 여름을 보낼 다른 방법이 없을까 하고 고민하다가 다카시마 지지미(바탕에 오글쪼글한 잔주름이 생기도록 짠 옷감. 피부에 닿는 면적이 작아서 시원한 느낌을 준다—옮긴이)가 떠올랐다. 다카시마 지지미는 옛날에 여름이면 할아버지나 할머니가 자주 입던 소재였다. 소위 크레이프라는 잔주름이 생기도록 짠 천인데 피부에 잘 달라붙지 않아서 속옷, 원피스, 셔츠 등에도 사용되었다. 국산이라는 점도 좋다.

여름철 낮에는 티셔츠를 입으면 더워서 대신할 만한 옷을 찾다가 지지미가 떠올라 '할머니 느낌이 안 드는, 다카시마 지지미 소재로 된 옷은 없을까?' 하고 찾아봤더니 소우소우라는 브랜드에서 블라우스, 바지, 원피스를 판매하고 있었다. 직접 입어보니 티셔츠와 바지를 입을 때보다 훨씬 시원했다(개인적인 느낌이다). 그래서 여름 실내복은 기본적으로 다카시마 지지미 재질의 옷을 입으며 시원한 통풍을 만끽한다. 그래서 같은 소재로 만든 파자마가 있으면 쾌적하지 않을까 싶었다.

파자마로 검색하자 처음에는 대부분 옛날 느낌의 어르신용이 나왔지만, 젊은층을 위해 옷깃이 없는 반팔 상의에 무릎길이 바지로 구성된 파자마를 파는 곳이 있었다. 분홍색과 회색, 회색과 노란색 등 두 가지 색이 섞여 있어 입기 쑥스럽지만, 입고 나갈 것도 아닌데 무슨 상관이랴 싶어서 재빨리 구입해봤더니 소재 덕분인지 일반적인 평직 면보다 훨씬 시원해(이것도 개인적인 느낌이다) 열대야도 이 파자마 덕분에 넘겼다고 감사하고 있다.

그후, 초여름과 늦여름 등 애매한 계절에 입을 만한 파자마도 필요해서, 5부 소매의 상의와 7부 기장의 하의로 구성된 다카시마 지지미 파자마 두 벌도 다른 매장에서 구입했다. 대담하게 무늬가 들어간 파자마였다. 2016년 여름밤은 그리 덥지 않아서 5부 소매의 파자마로 괜찮았고, 반팔 파자마는 꺼내지 않았다. 반팔 파자마는 아줌마가 입기에는 조금 부끄러운 옷이지만, 그래도 앞으로 어떤 더위가 찾아올지 모르니 갖고 있을 생각이다.

봄가을겨울용 파자마는 두 벌이었지만, 친구에게 세련된 파자마를 선물받아 총 세 벌을 가지고 있다. 초여름용으로 5부 소매와 7부 기장의 파자마가 두 벌. 원래 갖고 있던 무인양품의 긴 소매와 10부 기장의 얇은 파자마가 두 벌. 혹서기용이 두 벌. 전부 아홉 벌인데 많은 건지 적은 건지는 모르겠다. 단순하게 생각하면 매일 갈아입는다 해도 최대 일곱 벌이면 충분하지만, 여름에 에어컨을 틀지 않으니 다른 계절은 몰라도 여름 파자마 선택은 어려운 일이다.

또한 일교차가 심한 계절에는 일기예보를 보고 잠자는 시간대의 기온을 확인해서 최저기온에 맞춰 파자마를 고르기도 한다. 각각의 계절과 기온에 따라 소재를 골라야 하는 것이다. 에어컨으로 일정하게 실내온도를 조정해서 잔다면 파자마를 고를 때 나처럼 세세하게 신경쓸 필요도 없고 같은 소재로 1년 내내 입어도 괜찮겠지만, 나는 파자마로 온도를 조정하는 수밖에 없다. 한 번 입으면 빨고, 기온을 고려해 파자마를 고른다. 이 아홉 벌의 파자마를 돌려 입으며 1년의 밤을 보내는 것이다.

구두와 가방

왜인지 모르겠지만 최근에 다시 신발 사이즈가 달라졌다. 이전에 변했을 때는 발볼이 넓어졌다고 느끼지 못했는데 발볼이 3E였던 게 4E가 되어 "왜냐고!" 하며 납득하지 못했다. 하지만 이번에는 발볼은 3E로 돌아왔는데 길이가 225밀리미터에서 230밀리미터로 바뀌었다. 인생 몸무게 최고치를 자랑했던 고등학생 때 체중이 60킬로그램이었는데 당시 신발 사이즈가 245센티미터였다. 그후 20킬로그램 가까이 살이 빠지자 신발이 헐렁해져 발에도 살이 붙는다는 걸 알게 되었다. 몸무게의 증감에 따라 발볼이 넓어지거나 좁아지는 경험은 했지만, 이 나이에 발이 길어지다니 가능한 일일까. 덕분에 신발 선택이 쉬워져 좋긴 한데, 사이즈가 작은 신발을 신기가 힘들어져서 집에 있는 신발을 전부 신어보고 새로 사거나 처분해야만 한다. 처분만 한다면 괜찮지만 새로 구입하면 지출이 늘어나니 되도록 사지 않아야겠다며 현관의 붙박이 신발장에서 신발을 전부 꺼냈다.

옷과 마찬가지로 신발도 무거운 제품은 꺼려졌다. 평상시에는 늘 스니커즈를 신는데, 너무 많이 신어서 형태가 무너지기 직전인 두 켤레를 처분했다. 사실은 '좀더 신을 수 있지 않을까' 했는데 하필이면 현관에 늘어놓은 그 신발에 고양이가 헤어볼을 토했다. 황급히 닦아보았지만 고양이 풀인지 뭔지 모를 미묘한 초록 얼룩이 지워지지 않아서 두 켤레 모두 버릴 수밖에 없었다. 이런 일이 없었다면 끈질기게 신었을지도 모르지만, 버릴 기회가 생겨서 잘됐다고 생각하는 편이 낫지 싶다. 파워쿠션 밑창이 내장된 이 신발들은 무척 편하고 내 발에도 맞아서 전에는 225센티미터짜리를 신었는데 이번에는 230센티미터로 바꿔서 다른 디자인으로 구입했다.

기본 디자인으로 아무 옷에나 어울렸던 검은색 로우힐도 발 사이즈가 바뀌기 전에 사서 발볼에는 여유가 있지만 발가락이 불편해져 처분했다. 당분간 이런 유의 신발을 신을 일은 없어서 새로 구입하지는 않았다. 그 대신

천으로 된 로우힐을 조문용으로 구입했다. 검은색 로퍼만 있으면 여러모로 쓰겠다 싶어 오래 찾아봤지만 마음에 드는 게 없었다. 그러다가 에나멜은 아니지만 메피스토라는 브랜드의 로퍼가 괜찮아서 줄곧 신었는데 그것도 작아져서 처분해버렸다. 더이상 팔지 않는 상품이라 새로 사지 못해 아쉬웠다.

외출할 때는 버켄스탁의 '아나폴리스'라는 구두를 즐겨 신어 수년 동안 애용했지만, 견고한 가죽 신발이라서 점점 무거워졌다. 고양이가 장난을 치기도 해서 발등 부분에 할퀸 자국도 눈에 띈다. 운동 기구도 아니니 신는다고 근력이 생기는 것도 아니고, 신발이 무거우면 신기가 꺼려진다.

오랜만에 버켄스탁 매장을 둘러보니 '아나폴리스'는 생산 중단이 됐는지 거의 같은 디자인의 '로이틀링겐'이 판매되고 있었다. 신어보니 아나폴리스보다 가죽이 부드러운 느낌이라 조금 가볍다. 두툼하고 견고한 가죽에 익숙했던 탓에 처음에는 어쩐지 못 미더웠지만, 발에 부담이 가지 않아서 이거라면 아직 나도 괜찮겠다 싶어서 검은색과 갈색을 샀다. 발 사이즈가 변했어도 버켄스탁은 사이즈가 여유 있어서 이전과 마찬가지로 37사이즈도 괜찮았다. '아나폴리스'는 처분했다.

이 로이틀링겐도 신발코가 크고 둥근 디자인으로, 발등의 스트랩 부분은 찍찍이로 되어 있다. 신고 있어도 어디 눌리는 부분도 없고 걸으면 기분이 좋은데다가 외출복과도 어울렸다. 전에 구입했던 버켄스탁의 샌들 '발리'는 늦여름에 양말과 맞춰서 신기도 했는데, 우연히 다른 매장에서 가볍고 착화감 좋은 포르투갈제 샌들을 발견해 그걸 신게 됐다.

그 브랜드에서 구두도 나온다길래 구두를 신어보니 믿을 수 없을 만큼 가볍다. 게다가 통째로 세탁도 할 수 있다. 이거 괜찮겠다 싶어서 슬립온 타입으로 구매해 걸어서 이십 분쯤 걸리는 옆 동네 치과에 정기검진을 받으러 갈 때 신어보았는데, 가볍고 물에 젖어도 상관없어 정말 좋았지만, 뭐랄까 맨바닥을 걷는 느낌이 너무 강했다.

가볍다는 말은 곧 구두 밑창도 얇다는 거라서, 늘 파워쿠션이 내장된 스니커즈를 신던 사람 입장에서는 걸을 때마다 맨바닥이 느껴져 조금 불편했다. 젊었을 때 쿵푸 슈즈가 유행했는데 그 당시 중국 잡화점 '다이추'에서 산 신발을 신었을 때와 똑같은 느낌이었다. 쿵푸 슈즈도 기본적으로 워킹화가 아니라서 신발 밑창이 얇았다.

'흐음. 착화감은 정말 좋은데 장거리용으로는 힘들겠어'라고 판단했다. 착화감이 좋은 신발을 두고 흔히 맨발로 걷는 느낌이라고 표현하는데, 이 신발은 정말로 다른 의미에서 맨발로 길을 걷는 기분이었다. 신발 구매는 옷보다 어려워서, 몇 켤레를 갖고 있어도 전부 자기 발에 딱 맞는 듯한 신발은 없지 않을까. 나는 하이힐은 안 신지만, 예컨대 크리스찬 루부탱 신발은 보기에는 정말이지 아름답다. 긴자나 아오야마에 볼일이 있어 가끔 나가면, 루부탱 구두를 신은 여성들이 보인다.

'그 신발 정말로 편한 거야? 유럽 여성의 발에 맞게 만들어져서 발볼이 엄청 좁지 않아? 혹시 신발 속은 전족 상태이거나 뭔가를 잔뜩 채워넣은 거 아냐?'

루부탱을 신은 여성들에게 그렇게 묻고 싶어진다. 내가 본 사람들은 젊은 여성이 아니라 오십대 여성들뿐이었는데, 체형은 나와 어슷비슷했다. 그중에는 몸통은 전형적인 일본인 체형인데도 팔다리가 가늘어서 부분적으로 외국인처럼 보이는 사람도 있었다. 그러니 아름다운 신발을 신기 위해 모두가 고행을 참는 건 아닐 테지만, 이상하게 발 부분만 매끈한 모습에 고개를 갸웃하게 된다.

나는 겉모습보다는 실리를 추구해서, 사용감이 별로면 갖고 있을 이유가 없어진다. 그 슬립온은 한두 번밖에 안 신었지만, 여름에 신었으니 분명 땀도 흘렸을 터라 바자회에 내놓기에는 미안해서 처분했다.

앵클부츠, 고무장화는 원래 한 사이즈 크게 사서 문제가 없다. 최근에는 갑자기 큰 눈이 내리는데 그럴 때 신발 바닥이 불안정한 신발로 외출하면 위험해서 눈길 대비용으로 방한용 반부츠를 새로 구입했다. 아직 넘어진 적은 없지만, 만에 하나라도 낙상 사고는 피하고 싶어 대비책으로 샀다.

그 외에 밑창이 두꺼운 가죽구두 등 유행하는 신발도 내키는 대로 사버려서 경조사용, 눈비 전용을 제외하고 신발이 열 켤레로 늘어났다. 수납공간도 부족해져 뭔가 줄여야겠다 싶어 신발장 맨 위에 놓인 조리를 점검하다 보니, 전혀 알아채지 못했는데 측면에 옅은 갈색으로 물결무늬 얼룩이 생긴 게 발견됐다. 비 갠 후에 '오늘은 비가 내리지 않으니 괜찮겠지' 하고 에도고몬 기모노에 맞춰 신었던 연회색 조리였다. 어떤 기모노에도 어울려서 좋아하던 것인데, 그전에도 비 갠 후에 신었던 터라 '혹시 전에 신었을 때 이미 얼룩져 있었던 건 아닐까' 싶어져 "부끄러워" 하면서 혼자 얼굴을 붉혔다. 아쉽지만 이대로는 수선도 불가능해서 10년 이상 신세를 졌던 조리지만 이별했다. 끈이 화려한 무늬로 된 게다도 아줌마에겐 안 어울린다고 판단해 바자회용 상자에 넣었다. 조리와 일반 신발은 기본적으로 용도가 달라서 수량 조정이 이상할지 모르지만, 절대량을 조정하기 위한 고육지책이다.

가방은 나중에 사용하지 않을까 싶어서 지난번에는 남겨뒀었던 프라다 가방 두 개를 결국 처분했다. 애용했던 갈색 에나멜 가방도 긁힌 자국과 오염 문제를 해결할 수 없어서 수명이 다했다고 판단해 앞으로도 안 쓸 것 같은 검은색 가방과 함께 이별했다. '갑자기 가방이 줄다니 어쩌지' 하고 백화점 매장을 돌아다니다가, 기모노에도 양장에도 내 키에도 딱 맞는 자그마한 핸드백을 발견했다. 시험삼아 들어보니 아주 잘 어울려 신상품으로 들어온 네 가지 색 중에 가장 수수한 파란색을 구입했다.

그 핸드백을 들고 나가면 다들 칭찬해주었다. 구입할 때는 오렌지, 빨강, 초록 등 화려한 색만 있어서 "혹시 다른 색상도 들어오면 알려주세요" 하고 부탁했는데, 베이지색이 입고됐다고 연락이 왔다. 직접 보니 1년 내내 사용할 만한 색상이어서 같은 디자인이지만 구입했다.

그 가방은 제작과정에서 고양이가 아주 좋아하는 무언가를 사용했는지, 집에 돌아와 소파테이블에 올려두면 우리집 고양이가 재빨리 뛰어올라 가르릉거리며 몸을 핸드백에 비비며 황홀해한다. 개다래와 비슷한 종류의 오일이라도 사용한 걸까. 여러 번 사용한 뒤에도 그 가방을 보면 고양이가 예사롭지 않은 몸짓으로 다가갔고, 가방을 천주머니에 넣어둬도 코를 킁킁거리며 그 앞을 떠나질 않았다. 고양이가 무척이나 흥미로워하는 무언가가 가방에서 발산되는 건 분명하다. 고양이도 나도 무척 좋아하는 가방인 셈이다.

이전보다 가방이 두 개 줄었으니 두 개를 더 사도 된다고 생각해서는 안 된다고 결심했지만, 고맙게도 지인에게 가방 두 개를 선물받았다. 하나는 사각형의 흰색 가방으로, 여름에 기모노를 입을 때 사용한다. 또하나는 프라다에서 나온 코튼 가방인데, 흰 천에 검은색 홀스타인 무늬가 들어가 민무늬 옷을 입을 때 든다.

숄더백은 몸의 균형을 망가뜨려서 전혀 메지 않게 되었다. 양손을 자유롭게 쓴다는 장점 때문에 숄더백을 사용했었다. 게다가 손에 드는 것보다 어깨에 메는 게 무거운 물건을 들기 편해서 퇴근길에 반드시 책 몇 권을 사서 귀가했던 내게는 꽤 유용했다. 한의사 선생님께서 "가방을 들 때는 어느 한쪽 손을 주로 이용하게 되고, 숄더백을 멜 때도 돌아가면서 메는 게 아니라 한쪽 어깨만 계속 사용합니다. 몸의 균형을 생각한다면 배낭 종류가 가장 좋아요"라고 말씀하셨다. 선생님은 한의원에 출근할 때도 양손이 자유로운 배낭을 멘다고 한다. 외출용은 아니더라도 장을 볼 때는 한 손에 에코백을 드는 것보다 배낭이

편하겠다 싶어 하나 구입했지만, 매장에서 볼 때는 아무 렇지도 않았는데 집에 돌아와 메어보니 어딘가 이상했다. 원래 배낭이 전혀 안 어울려서, 젊은 시절에 친구가 귀엽게 메고 있던 배낭을 내가 메어보니 너무 안 어울렸다. 친구도 "하하하" 하고 웃기만 할 뿐, 어울린다고는 말하지 않았다. 하지만 그로부터 세월도 흘렀으니 조금은 괜찮지 않을까 했는데, 마찬가지였다. 매장에서는 대체 왜 괜찮 다고 판단했던 건지 알다가도 모를 노릇이다.

전혀 세련되지 않았고, 그렇다고 등산하는 분위기도 아니고 출가한 느낌도 쇼핑하는 분위기도 아니다. 여하튼 내 등에 불룩한 게 붙은 것 자체가 안 어울리는 모양이다. 기모노를 입을 때도 등뒤에 오비를 묶어서 불룩한데, 배낭은 왜 이상한지 알 수가 없다. 뭐 아쉽기는 하나 어울리건 안 어울리건 상관없는 대피용 배낭으로 이용하기로 했다.

에코백은 하나만 남겨두고 줄곧 이용해왔는데, 튼튼해 서 혹사에도 잘 견뎌주고 있다. 그걸로 부족할 듯하면 슈 퍼마켓에서 받은 비닐봉지 한 장을 가방에 넣어서 든다. 그 비닐봉지가 낡으면 2엔을 더 주고 새로운 비닐봉지를 받는다.

조문할 일이 많은 나이이다보니 그때 사용하는 것도

변화를 줬다. 조문용 가방과 구두는 자주 구입하지는 않지만, 앞에서도 말했듯이 신발 사이즈가 변한 것을 계기로 천으로 된 제품으로 새로 구입했다. 가방은 수십 년도 전에 구입한 걸 사용해왔는데, 아무래도 불편했다. 일단 의례적인 자리에 사용하는 거라 견고하고 모서리가 반듯한 디자인으로 골랐는데, 여닫기도 매끄럽지 않았고 보기보다 물건이 별로 안 들어간다.

가방 크기는 작아도 괜찮지 않을까 했으나 기온에 따라서는 코트를 걸칠 정도는 아니어도 오가는 길에 목에 스카프라도 두르고 싶을 때도 있는데 지갑, 부조금 봉투, 손수건 등을 넣으면 그걸로 꽉 차서 거기에 스카프를 접어 넣으면 반드시 주름이 잡힐 만한 공간밖에 안 남는다. 비 예보가 있으면 접이식 우산도 가져가야 할 때도 있다. 조문용으로 얇은 서브백도 팔지만 물건을 이것저것 늘리기도 싫었다. 조금 큼직한 제품도 있었지만 조문용으로 파는 천 가방은 가격이 비쌌다. 자주 사용한다면 다소 비싸도 감내하겠지만, 조문용으로는 가성비가 떨어진다.

그렇다고 어엿한 어른인데 너무 싸구려 가방을 들기도 뭐해서 고민하던 차에, 백화점 통신판매 제품을 구경하다가 검은색 퍼멀백을 판매하는 노포와 유명 디자이너가 공동 기획한 조문용 토트백을 발견했다. 가로 30센티미터에 세로 20센티미터로, 검은 바탕에 장미꽃 같은 무늬가 차분하게 돋을무늬로 들어간 가방이었다. 이거라면 물건도 제법 들어가고 예의에 어긋나지도 않을 듯해서 바로 구입했다. 이제 이 토트백에 문제가 생기지 않는 한 조문용으로 쭉 사용할 것이다.

의류도 그렇지만, 내 나이가 되면 지겨워져서라기보다는 사이즈가 변하거나 사용감 때문에 버리는 경우가 잦다. 작년과 올해가 크게 다르다. 물건을 줄이는 게 가장 큰 전제지만, 줄이면서 자기 몸에 맞는 것으로 새로 구입할 필요가 있다. 앞으로 나이가 들어감에 따라 지금까지보다도 더 체형과 체력과 감각이 변할 것이다. 젊었을 때처럼 "이게 내 애용품"이라고 정할 수 없게 된 지금에야 '모든 게 변하는구나' 하고 절감한다. 그리고 줄이면서 바꿔야 한다는 걸 명심해야 하는데도 신발과 가방은 거의 줄이지 못한 현실에 머리를 감싸게 된다.

주방용품

'무조건 소유물 줄이기 운동'을 혼자 진행중인 친구는
살던 집을 팔고 평수를 줄여 2년 전 도심에 있는 작은 집
으로 이사했다. 그때 대부분의 가구를 처분했단다. 가족
이 있는 사람은 자기 물건은 처분해도 남편이나 아이들
물건은 함부로 못 버려서 문제되는 경우가 흔한 모양이
지만, 친구는 "우리집은 남편도 딸도 나보다 물건이 적어
서 편했어"라고 한다. 이십대인 딸도 멋을 부리고 싶을 나
이인데도 옷을 한 벌 사면 갖고 있던 옷 한 벌을 반드시
처분해서, 예전에 살던 집에서도 방이 깔끔했단다.

"남편과 딸은 침대를 가져왔지만 난 장롱과 침대를 버
리고 왔어. 지금은 바닥에 매트를 깔고 자"라고 하면서

"너도 침대 버리면 어때? 내가 쓰는 매트는 접을 수도 있고 잠자리도 편해. 침대를 놓으면 어찌할 수가 없잖아. 그렇다고 이불을 폈다 갰다 하자니 힘들 것 같고. 요즘은 편리한 제품들이 이것저것 나와 있으니까 시도해봐" 하고 권했다. 친구는 새집으로 이사하면서 텔레비전을 올릴 거실장만 샀다고 한다.

친구는 요리를 좋아하지만 식기장도 버리고 없다. 단, 고급 양식기 수집이 취미라서 거실에 장식장을 두고 거기에 넣어두는데, 평상시에 사용하는 식기는 주방 상부장에 수납할 만큼만 갖고 있단다. 싱크대 위에 찬장이 있는데 그 하단에 스테인리스로 된 건조대가 있는 구성이라 설거지한 그릇을 올리면 자연스럽게 물이 싱크대로 떨어진단다. 세 가족이지만 식기는 그곳에 올릴 만큼 갖춰도 충분하단다. 딸 친구들 대여섯 명이 놀러온 적도 있지만 그래도 곤란하지 않았던 모양이다.

냄비류도 텔레비전 홈쇼핑에서 산 논스틱 냄비 세트뿐. 설거지하기도 쉽고 사용도 간편해서 냄비가 적어도 금방 다른 요리를 만들 수 있어서 많이 필요하지 않단다.

"사용하다가 못 쓰게 되면 다시 새것으로 바꿔. 그때는 성능이 더 좋은 게 나와 있잖아."

전자제품과 마찬가지로 확실히 주방용품도 소비자의

요구에 맞춘 상품이 끊임없이 출시된다. 냄비도 무거운 건 버거워졌으니 각자 생활환경에 맞춰 유연하게 대응하는 편이 좋다.

"그러니까 무조건 갖고 있을 필요가 없어. 물건은 적어도 충분해. 그러니까 좀 버려, 응?"

식기 문제는 이해했는데, 식재료는 어떻게 하느냐고 물었더니 팬트리를 만들어서 전부 거기에 수납한다고 한다. 주방 공간은 좁아졌지만 한곳에 종합적으로 수납할 수 있어서 오히려 좋다고 한다.

나는 세 들어 살고 있고 가족도 없어서 친구의 모든 것을 따라 하진 못하지만, 주방과 관련된 물건도 줄이고 싶긴 하다. 이나가키 에미코처럼 냉장고를 처분할 수도 없지만 트럭을 불렀을 때 전기오븐, 식품보관용 서랍장, 휴지통처럼 주방용품 중에서 큰 물건들은 처분했다. 그것이 내게는 제1단계였다.

쓰레기통은 제조사에서 폐기할 때 수거해준다길래 샀는데 그 시스템이 어느샌가 끝나버려 처치 곤란이었다. 뚜껑은 있지만 여름이면 쓰레기를 비닐봉지에 넣어 버리는 등 어떻게 해도 냄새가 새어나왔고, 오래 쓰다보니 지저분한 게 닦이지 않아서 버릴 수밖에 없었다. 그다음 쓰레기통으로 30리터짜리 브라반티아 제품을 샀는데 좁은 우리집 주방에 놓으니 너무 크다 싶어 조금 후회했지만, 냄새도 새지 않고 심플한 원통형이라서 그런대로 쓰고 있다.

조리대 위의 오븐과 전자레인지 수납장이 없어지자 한때는 산뜻해졌다고 기뻐했는데, 지금은 "아~ 여전히 물건이 많아" 하고 처음으로 되돌아왔다. 물건이 줄어든 직후에는 줄었다고 기뻐했지만, 눈에 익자 역시 아직 물건이 많다. 손님이 와도 요리는 안 하기로 정해서 커틀러리를 세 세트로 줄였지만, 내가 쓸 것만 있어도 되지 않을까 싶어서 포크와 나이프 등 두 세트는 버렸다. 전보다 양은 줄었지만 그래도 눈에 들어오는 곳에 물건이 너저분하게 있으면 아무래도 압박감이 든다. 같은 곳에 있던, 모 요리 채널 홈쇼핑을 보고 구입한 대형 스푼도 버렸다. 요리를 옮겨 담을 때도 사용할 수 있대서 샀지만 금속제라서 소리가 거슬렸고 그게 없다고 플레이팅이 안 되는 것도 아니라 딱히 편리하지도 않았다.

내친김에 주방저울도 버렸다. 1그램 단위로 측정 가능한 전자저울인데 작동이 안 돼서 알아보니 건전지가 다 닳았다. 여기에 들어가는 단추형 건전지를 구매하는 걸 깜박해서 사둔 것도 없다. 앞으로 이 저울을 사용할 때마다 건전지 상태를 신경써야 한다고 생각하니 귀찮아져서 수십 년 동안 털실 무게를 측정할 때 써온 접시 달린 아날로그식 저울을 주방으로 옮겼다.

이전에는 거의 매일 뜨개질을 하다보니 저울 접시에 털실이 붙을 수도 있어서 식재료 무게를 재기가 꺼려져 전자저울을 구입했는데, 지금은 예전처럼 뜨개질을 안 해서 그대로 선반에 올려뒀었다. 아날로그식 저울은 5그램 단위로 측정되지만 1그램 단위로 계량하는 요리는 안 하니까 이걸로 충분할 것이다. 전자저울은 포장용기의 무게를 빼고 달 수 있지만, 아날로그식 저울에는 그런 기능이 없다. 하지만 눈금을 보면서 측정하면 되니 그 정도는 머리를 쓰기로 했다.

붙박이 수납공간 외에는 높이 120센티미터짜리 스테인리스 선반장 하나뿐인데 그 맨 위에는 오븐토스터기가 놓여 있고, 각 선반에는 실온 보관용 식품류가 자리한다. 랩 종류는 조리대 하부장으로 옮겼다. 앞으로 내 식생활에 계속 필요하겠다 싶어 최근에 가정용 도정기도 새로 샀는데 인터넷으로 검색해보니 5분 도정미, 7분 도정미도 팔아서, '이런 쌀을 구입하면 도정기도 필요 없겠다'는 생각이 들었다. 사용이 불편하지는 않지만, 물건을 줄이고 싶다보니 대용할 만한 게 있으면 그러고 싶다. 사용할 만큼만 현미를 도정해서 먹으면 정말 맛은 있었다. 시험삼아 도정된 쌀을 구입해보고 문제가 없으면 앞으로는 그 쌀을 이용하고 도정기는 버리기로 했다.

'왜 정리한 느낌이 들지 않을까' 하고 주방을 둘러봤다. 직사각형 주방의 긴 쪽에 싱크대와 조리대 등이 설치되어 있는데, 사람이 움직일 공간이 얼마나 되는지 재봤더니 250리터짜리 냉장고와 직경 30센티미터짜리 휴지통이 놓인 공간을 빼면 다다미 두 장 크기도 안 된다.

"이 선반을 여기서 치울 수 없을까."

유용하게 사용하는 선반이라서 불필요한 물건을 정리하면서 후보로 고려하지 않았지만, 이 선반이 주방에서 없어지면 상당히 산뜻해진다. 먼저 오븐토스터기를 오븐이 있었던 조리대 안쪽으로 이동. 선반 위에 두는 편이 편리했지만 어쩔 수 없다. 다음으로 선반 위에 놓인 수납바스켓에 담긴 식료품이다. 주방을 둘러봐도 싱크대 상부장 말고는 넣을 데가 없다. 여기에는 대나무 소쿠리와 바구니, 밀폐용기 등이 들어 있으니 이것들을 정리하고 식료품을 넣는 수밖에 없다.

상부장 선반의 높이를 잰 다음, 백엔숍에 가서 핸디용 수납 바스켓 두 개를 사와서 거기에 식료품을 담아 상부장에 수납했다. 선반의 식료품은 깊이를 맞춘 사각형 바스켓에 담았는데 물건이 넘쳐나고 글자가 잡다하게 보여서 너저분해 보인다. 그래서 그 바스켓에는 여분으로 남은 주방용 행주를 넣어 냉장고 위에 둔다. 식료품은 눈에 보여야 잊지 않고 쓸지도 모르지만 딱히 식료품이 다양한 것도 아니라서 뭘 보관중인지는 대체로 머릿속에 들어 있다. 말은 그렇게 했는데, 완전히 잊고 지냈던 것을 바스켓 안에서 발견했다. 백후추, 흑후추, 파프리카와 칠리파우더, 커민, 오레가노. 오가닉 향신료 종류가 담긴 병이다. 스위트칠리소스니, 뇨크만(베트남 어간장—옮긴이) 같은 특수한 조미료는 지금까지의 경험으로 봤을 때 한두 번밖에 안 쓴다고 판단하고 한참 전에 전부 버리고 사지 않았다. 그런데도 요리책을 보고서는 가끔 양식도 괜찮겠구나 싶었고, 만들려면 향신료가 필요하니까 하며 또 사버렸다. 백후추, 흑후추는 몇 번 사용했지만, 그 외 향신료는 병뚜껑을 연 기억이 거의 없다. 게다가 흑후추 외에는 전부 유통기한이 지나 있었다.

"아까운 짓을 했어"하고 후회하면서, 내용물을 버리고 뚜껑은 불연성쓰레기로, 병은 재활용쓰레기로 내놨다. 최근에는 일식보다 양식을 만들어 먹는 사람이 많은데, 그런 사람들은 향신료를 구입하면 다 쓰는 걸까. 가족이 있으면 소비량이 많아서 가능하겠지만, 혼자 살면 어렵다. 그렇게 변명을 하지만, 앞으로 향신료 구입은 자제할 생각이다. 어설프게 욕심내지 말아야 한다.

선반에 남은 물건은 도정기와 맨 아랫단에 놓인 고양이 캔이다.

"흐음, 도정기……"

이렇게 되자 도정기가 거치적거렸다. 무거운 물건이라 냉장고 위에 두기는 싫고, 오븐토스터기 옆 말고는 공간이 없어서 거기로 이동시켰다. 옮긴 건 좋은데 공간이 꽉 차서 이번에는 '혹시 오븐토스터기도 처분할 수 있지 않을까'라는 생각이 들었다. 내가 사는 지자체의 쓰레기 배출 기준으로는 30센티미터 이하의 소형가전은 불연성쓰레기로 내놓을 수 있다. 오븐토스터기의 사이즈를 재보니 가로 37센티미터, 깊이 25센티미터, 높이 23센티미터여서 지자체에서 관용을 베풀면 수거해줄 것도 같았다. 하지만 우리 구 홈페이지에서 가전폐기물 규정을 살펴보니 오븐토스터기는 대형폐기물로 취급했다. 300엔을 지불하는 건 어쩔 수 없지만, 명확하게 대형폐기물도 아닌 물건을 배출하려면 나도 번거롭고 수거하는 쪽도 몇 번이나 연락을 받아야 하니 모아서 배출하는 편이 낫겠다 싶어 이번에는 보류했다. 이렇게 모은 탓에 불연성쓰레기로 3톤 트럭을 가득 채웠던 것이지만, 그 외에도 처분하려는 가구가 있으니 함께 정리하려 한다.

"이번에는 확실하게 하겠어."

그렇게 결심하고 처분은 보류한다.

우리집 고양이는 하루에 여섯 종류의 캔을 먹어서(전부 먹는 건 아니고 각각 한 입씩 먹는다), 한 마리뿐인데도 소비량이 장난이 아니다. 이전에 길고양이 시마짱이 찾아왔을 때는 거기서 남은 걸 주고는 했는데, 어느샌가 녀석도 싫어하며 안 먹게 되었다. 수십 개나 되어서 종류별로 쌓아둔 재고를 일단 종이상자에 넣어 서재로 옮겼다. 싱크대 하부장을 정리하면 들어갈지도 모른다. 그러려면 하부장에 보관해둔 주방 청소용품 여분을 먼저 정리해야 하는데…… 그렇게 밀어내기식으로 안 하면 물건을 수납하지 못하는 현실이지만, 조금씩 줄여가면서 선반을 이동시켜야만 한다.

전작 『욕망과 수납』을 쓴 후 주방에서 사용하는 핸드타월을 처분했다. 근처 슈퍼마켓에서 자체 상표로 파는 하얀 핸드타월을 여섯 장 사서 1월부터 해서 반년 동안 쓰다가 크게 지저분하지 않아도 새로 구입한다. 이런 방식으로 문제없이 지내왔는데 우리집 주방에 창문이 없다보니 습도가 높은 날이 이어지면 어딘가 꿉꿉함이 가시질 않는다. 주방 근처에서 제습기를 틀지만, 타월이 마르지 않는다. 마 소재를 쓰면 어떨까 싶어서 선물로 한 장

받은 마 타월을 사용해보니 바람이 불면 금방 말랐지만 바람이 통하지 않는 장소에서는 역시나 언제나 젖은 상태다.

그래서 예전에 쓰던 무명 수건을 부활시켰다. 얇아서 금방 축축해지지만 습기가 많은 날에는 핸드타월보다 빨리 말라서, 전체적으로 축축해지면 곧바로 다른 걸 꺼낸다. 여러 장을 사용해도 타월만큼 부피가 커지지 않아서 하루에 두세 장을 쓸 때도 있지만, 습도가 높은 날이 이어질 때는 타월보다 이편이 훨씬 청결한 기분이다. 지금까지 모아뒀던 무명 수건 스무 장 정도를 개켜서 바스켓에 보관해둔다. 무명 수건이 젖으면 거기서 새것을 꺼내고, 사용한 건 세탁용 세면기에 넣는다. 쪽염색을 한 수건은 다른 빨랫감에 물들 수 있어서 세탁기에 넣지 않고 손빨래를 한다. 햇볕에 말리지 않고 건조기를 이용한다면 타월도 문제가 없을지 모르겠지만 말이다.

그와 마찬가지로, 통풍과 습기가 신경쓰여서 식기용 타월도 이용하지 않기로 했다. 성격이 딱히 까다롭지 않지만, 아침식사 후 그릇을 씻는다→행주로 닦아 조리대에서 자연건조시킨다→행주가 젖는다→행주가 마르기를 기다린다→혹시 습기 때문에 눈에는 안 보이지만 공기 중에 부유하는 곰팡이균이 섬유에 들어가는 건 아닐까→

점심식사를 만들어 그릇에 담는다→식사 후 그릇을 씻는
다→이하 반복. 행주는 매일 교체하지만 그 하루 동안이
신경쓰였다. 행주도 몇 장 없고 얇은 무명 수건만큼 자주
바꿀 수도 없는 노릇이라 행주로 식기를 닦지 않고 청소
할 때 사용하는 일회용 천으로 바꿨다.

이전까지는 키친타월을 거의 사용하지 않았고 필요 없
다고 생각했었는데 지금은 의외로 요긴하게 쓰고 있다.
키친타월로 닦고 그대로 버리기는 아까워서 물을 닦은
키친타월을 상자에 담아둔다. 그리고 고양이가 헤어볼을
토했을 때 바닥을 닦기도 하고 좀 신경쓰이는 곳을 닦기
도 하면서 반드시 재사용한 후 버린다. 미국산 키친타월
도 써봤는데, 흡수력은 물론이고 물로 빤 다음 말려서 재
사용한다는 엄청난 기능에 '이런 게 있었구나' 하고 깜짝
놀랐다. 시험삼아 몇 종류를 사뒀으니 앞으로 어느 한 가
지로 정하려고 한다. 이걸로 주방의 습기 문제는 신경쓰
지 않게 되었다.

다음은 식기다. 밥공기는 어린이용 그릇과 사기그릇
이렇게 두 개를 갖고 있다. 어느 쪽이든 하나만 사용하면
좋겠지만, 어느 한쪽이 깨지면 남은 하나를 열심히 쓸 생
각이다. 다음은 미소시루용 그릇, 큰 접시, 작은 접시, 간
장종지, 작은 사발로 각각 하나씩이면 충분하다 싶어서

나머지는 처분했다. 이탈리아 요리에 관심이 생겨서 그때 쓰려고 원플레이트용 접시 등 두 개를 충동구매했다고 전에 썼었는데, 결국 그 접시는 지금까지 두세 번밖에 쓰지 않아서 처분했다. 정말 무슨 생각인지 모르겠다. 바자회에는 최대한 사용하지 않은 물건을 보내는 게 기본이라, 두세 번 사용한 걸 모르는 체하고 제공하자니 마음에 걸려서 버릴 수밖에 없다.

불연성쓰레기 배출일에 중간 크기의 접시 하나와 충동구매한 아라비아핀란드의 필로파이카를 포함한 접시 세 개 그리고 다른 불연성쓰레기를 비닐봉지에 넣어 함께 내놓았다. 아침에 맨션 앞에 두고 근처 우체국에 엽서를 보내러 갔다가 돌아오니 내가 내놓은 비닐봉지만 사라졌다. 겨우 오 분 정도였는데 대체 누가 가져간 걸까. 반투명 비닐이었으니 겉에서도 접시가 든 게 보였겠지만, 내가 사용했던 접시를 누군가가 사용해준다면 고맙겠다 싶으면서도, 조금 찜찜했다.

지인에게 들은 이야기인데, 결혼식 답례품으로 받은 식기 세트가 그의 집에 잔뜩 쌓여 있었단다. 예전에 받은 답례품이라서 노리다케 등 노포에서 만든 품질 좋은 제품뿐이다. 하지만 네 식구가 충분히 사용할 만큼 식기를 갖고 있어서, 어차피 버릴 거 한꺼번에 처분하려고 근처

중고매장의 업자를 불러 가격을 물었더니 한 세트에 몇 백 엔밖에 되지 않았다. 하지만 돈이 필요했던 상황도 아니고 가져가주면 그만이라고 생각해서 승낙했다. 그리고 얼마 지나서 그 중고매장 앞을 지나가는데 그 식기 세트를 놀랄 정도로 비싸게 팔고 있었단다. 그 사실에 분통이 터져 죽는 줄 알았다고 하는데, 판매가를 알게 되면 화가 치밀 만도 하다.

내가 버린 접시는 아주 평범하고 특별히 가치도 없으며, 하나는 북유럽 제품이라고는 해도 백화점이나 홈쇼핑에서도 팔고 있다. 누군가가 사용하려고 가져갔겠지만, 개나 고양이용이라면 나도 마음이 편할 것 같았다. 그렇게 싱크대 상부장과 하부장을 정리한 끝에 주방에 있던 선반은 무사히 주방을 떠날 수 있었다. 하지만 이 선반을 어디에 둬야 할까. 지금은 마땅한 장소를 찾지 못해 서재에 임시로 방치해두고 있다.

화장품, 이미용품

젊었을 때는 피부가 약해서 이것저것 바를 수 없긴 했지만 외출시 최소한의 화장은 했다. 자외선 차단제 위에 파우더를 두드리는 정도였는데 마스카라도 아이라인도 눈썹도 그리지 않았지만 그 정도로 만족했다. 간신히 피부에 맞는 화장품을 찾았다가도 제조사가 망하기도 했고 리뉴얼되면서 없던 트러블이 생기는 등 피부에 맞는 화장품을 찾기가 정말이지 힘들었다.

시중에 점차 민감성 피부용 화장품이 출시됐고, 그중에 맞는 제품도 있었지만 그것도 좀 지나면 피부에 트러블이 생겼다. 그때마다 사용을 중지한 채 아무것도 바르지 않다가 피부가 원상태로 돌아오면 다른 회사의 민감성 피부용 화장품을 발라보고 맞지 않으면 다시 다른 제품으로 시도하기를 반복했다.

그런 반복행위가 어떤 결과로 이어졌는가 하면, 쓰다 남은 화장품이 잔뜩 생겼다. 하나는 문제없이 썼는데 두 개째는 개봉해 두세 번 사용하면 피부 상태가 "불안한데?" 싶어진다. 혹시나 해서 조금 더 사용하면 상태는 더욱 악화돼서 사용을 중지할 수밖에 없다. 하지만 얼마 안 남았을 때면 몰라도 조금만 쓴 걸 버리자니 아까워서, "혹시 다시 쓸 수 있을지도 몰라" 하며 갖고 있었다. 그런 화장품들이 굴러다녔다. 다른 사람에게 줄 수도 없어서 바구니에 사용하지 않는 화장품들이 넘쳐났다.

나이가 들면서 둔해졌는지, 화장품 트러블은 이전에 비하면 현저히 줄었다. 피부에 부담을 주지 않는 화장품이 개발된 탓도 있다. 민감성 피부는 건조함과도 관계되는 모양이어서, 민감성 피부라고 생각했지만 당시 내 몸은 체내에는 수분이 과다하지만 그 수분이 몸 전체로 퍼지지 않아, 스스로는 전혀 깨닫지 못했지만 수분 부족형 건조성 피부였는지도 모른다.

사용하지도 않는데 굴러다니는 화장품을 언제였나 한꺼번에 버렸다. 언젠가는 사용하겠지 했는데 어느새 5~6년이 지났기 때문이다. 덕분에 화장대가 환해진데다가 트러블이 없는 제품을 사용하다보니 욕심이 생겼다. 피부에 맞는다고 색까지 어울리는 건 아니다. 사용감이 그저 그런 제품도 있다. 피부에 트러블 없이 바를 수 있다는 사실만으로 처음에는 감사했지만, 조금 지나자 "피부 톤에 더 잘 맞는 화장품도 있지 않을까. 모공이 좀 가려지는 제품은 없을까" 하고 기대하면서 눈에 들어오는 걸 사들였다. 드러그스토어에 가면 저렴한 화장품을 다양하게 판매하니 시험삼아 구입할 수 있다. 이게 또 물건을 늘리는 원흉이다. 그런 화장품은 포장 용기도 심플해서, 이렇게 말하면 좀 그렇지만 버릴 때도 죄책감이 들지 않는다. 고가의 화장품은 대개 저가 화장품과 내용물은 별 차이 없으나 포장 용기와 광고에 돈을 들여서 훨씬 비싸다. 그런 화장품을 샀는데 피부에 안 맞으면 포장 용기가 예뻐서 버리기가 망설여진다. 갖고 있어봐야 쓸모도 없으면서 과감하게 버리질 못한다.

하지만 이 나이가 되면 그런 것에 현혹되지 않고 실리를 취한다. 나는 외출해서 화장을 고치지는 않으니 케이스는 필요가 없다며 파운데이션 리필품만 구입했던 적도 있었다. 지금은 클렌징 제품을 별도로 쓰지 않아도 비누로 지워지는 미네랄 파운데이션을 가루 파우더가 아니라 프레스 파우더 타입으로 쓰는데 가능한 한 변질되지 않게 케이스째로 이용한다. 하지만 외출할 때는 작은 손거울은 챙기지만 파운데이션은 가져가지 않는다.

일단 사용하는 화장품은 정착했지만, 문득 한 가지 의문이 들었다. 예전부터 세수를 한 후 필수품처럼 자외선 차단제를 바르고 그 위에 파운데이션을 발랐는데, 둘 다 자외선 차단 효과가 있다. 겹쳐 발라도 SPF 수치를 합산한 게 아니라, 둘 중 수치가 높은 쪽의 효과만 있다고 들었던 게 생각났다. 되도록 피부에 바르는 제품을 줄이고 싶은데 당연한 듯 습관적으로 발랐던 '자외선 차단제가 필요할까' 싶어졌다. 자외선 차단제와 파운데이션 중 하나만 발라도 되지 않을까. 나는 파운데이션보다 자외선 차단제를 쓸 때 트러블이 훨씬 잦았다. 아무리 피부에 자극이 없다고 해도 피부 위에 막을 씌운 듯해서 자외선 차단제가 특히 필요한 봄여름에는 괴로웠다. 그래서 인체실험도 겸해서 사용하던 걸 다 쓰자 자외선 차단제 사용을 중지했다.

그때가 사실 자외선이 가장 강해지는 초봄이어서 나로서는 크게 용기를 내 결단을 내렸고, 걱정 때문에 가슴이 두근거리기도 했다. '기미가 왕창 생기면 어쩌지. 돌이킬 수 없는 상태가 되면 어쩌지.' 하지만 햇살이 강한 시기에는 모자를 쓰거나 양산을 사용해서 일단 햇살은 차단했다. 그 정도면 괜찮지 않을까 하고 자외선 차단제 없이 지냈는데, 별다른 문제는 없었다. 다만 여름에 양산을 쓰면 얼굴은 안 타지만 티셔츠 앞쪽의 목 주변이 햇볕에 그을렸다. 그러면 조금 빨개지고 따끔따끔해서 알로에 로션을 발라 관리를 했지만, 이를 반복하면 안 좋을 것 같아서 여름용 자외선 차단제와 모기 퇴치용 크림을 몸에 바르고 있다. 조금 덥겠지만 목에 얇은 스카프를 두르면 문제가 안 생길지도 모른다.

요즘에는 세안 후 피부 상태에 따라 모이스처 로션이나 에센스를 바르고 미네랄 파운데이션용 파우더를 먼저 바른 후 파운데이션을 바른다. 날씨가 춥고 건조해지면 같은 회사에서 나온 크림 타입 제품을 이용한다. 이전까지는 눈썹을 그릴 때 아이브로우 파우더를 사용했다. 펜슬 타입으로 그리면 아무래도 끈적하고 부자연스러워서 피하다가, 친구가 펜슬과 파우더를 하나로 합친 아이브로우 펜슬을 쓰길래 시험삼아 사봤는데 사용감이 아주 좋아서 계속 쓰고 있다. 블러셔는 로라 메르시에나 케사랑파사랑 제품을 사용한다. 립스틱 역시 친구가 "케사랑파사랑에서 어울리는 립스틱 색상을 무료로 알려줘. 나도 요전에 상담받았어" 하길래 친구와 함께 매장에 가서 눈동자 색깔과 피부색 등에 맞춰 몇 가지 색상을 추천받아 그중에서 골랐다. 그전에 계속 사용했던 로고나 립스틱이 그 색만 절판돼서 어쩌지 했는데, 그보다 조금 붉은 기가 도는 색을 찾아서 안도했다. 그때 블러셔 색도 같이 추천받았다.

그 외에 아이라이너, 마스카라 등은 쓰지 않는다. 비누로 지워지는 제품도 있다지만, 깨끗하게 지우려면 역시 클렌징 제품이 필요할 것 같아 사지 않았다. 아이템이 늘 때마다 브러시니 클렌징 제품이니 줄줄이 필요해져서 가급적 그런 건 피하겠다고 방침을 세웠다. 케이스에 딸린 휴대용 브러시는 사용하기 불편해서 블러셔 브러시는 따로 구입하기도 했는데, 굳이 없어도 되지 않을까 싶다. 화장 실력은 없지만 완성도와 간편함의 접점을 찾아, 그런 자잘한 물건들을 줄여갈 작정이다.

얼굴에 바르는 제품뿐 아니라 머리카락을 위한 도구도 여러 가지로 필요하다. 나는 염색을 안 하는 탓에 아무래도 머리카락의 윤기가 신경쓰였다. 염색을 하면 염색약 성분에 의해 윤기가 나는 듯했지만 그래도 어쩔 수 없다고 생각했다. 그러다 잡지 기사를 보니 빗질을 해야 한단다.

호기심에 읽어보니 모델로 나온 여성은 염색을 했고 기장도 세미롱 정도라 빗질을 하는 것도 납득이 갔지만, '숏컷에 염색도 안 하는 내가 빗질을 해야 할까' 하며 고개를 갸웃했다. 하지만 빗질로 두피가 활성화되고 혈액순환이 촉진돼 아주 효과적이라고 한다. 두피에 자극을 준다는 얘긴데, 설득력이 있다. 특히 나는 컴퓨터 앞에서 키보드를 두드리는 일을 하니 뇌는 사용할지 몰라도 두피는 지쳐 있을 것 같았다.

빗질은 40년 만이었다. 젊었을 때는 늘 일자 단발머리였던 터라 머리카락의 윤기가 생명이었다. 게으른 나도 윤기 나는 머리카락에 유행하는 단발머리를 하면 남자가 다가오지 않을까 기대하며 윤기 돌게 한다는 빗으로 머리를 빗었지만, 결국 아무 일도 일어나지 않았다.

그후 처음으로 하는 빗질이다. 잡지에서 추천하는 빗부터 사봤다. 일단 '크다' 싶었다. 면적 때문에 넓적한 고기망치처럼 보였다. 내가 상상했던 빗보다 두 배는 컸다. '엄청 크네' 하면서 두피에 댔는데 좀 아프다. 이쑤시개로 만들었나 싶을 정도로 아프다. 내가 너무 세게 눌렀나 싶어 누르지 않고 빗질을 하자 두피에 안 닿으니 아프지는 않았지만 마사지 효과가 없다. 이래서는 무슨 의미인가 싶어서 두피에 닿을 정도로 힘을 조절해가며 빗질을 했는데 기분좋은 느낌이 전혀 없다. 좋기는커녕 머리가 점점 아파져 "아야얏" 하며 손가락으로 두피를 문지르게 됐다. 이보다 세게 빗으면 피가 날 것 같았다. 이건 두피도 모발도 건강한 젊은 사람이나 쓰는 물건이지 환갑이 넘은 아줌마에게는 너무 자극적이라고 판단해서 그 빗은 버렸다.

그후, 머리를 감기 전에 사용하면 볼륨감이 생기는 효과가 있다는 빗으로 머리카락을 역방향으로 빗고 있다. 평상시에는 고우타 강습을 마치고 돌아오는 길에 아사쿠사에서 구입한 회양목 빗을 사용하기 때문에 이 빗은 쓰지 않았지만 머리를 감기 전에 이걸로 힘껏 빗어도 안 아프다. 전에 버렸던 빗은 끝 부분이 보기에는 뾰족하지 않았는데, 대체 어떤 구조로 만든 건지 의아했다.

샴푸 후 드라이어로 말리고 마지막에 살짝 빗질을 해줄 때 쓰는 빗에는 둥근 나무 핀이 끝에 박혀 있다. 어디서 샀는지도 기억나지 않지만 늘 세면대 서랍에 들어 있어서 매번 별생각 없이 말린 머리를 빗었다. 끝이 둥글어서 닿을 때 부드럽다. 어느 정도 나이가 들면 머리카락에 적당량의 오일을 발라서 빗질하면 윤기도 나고 두피에도 좋다고 한다. 하지만 숱이 많은 탓인지 내 경우에는 오일을 쓰면 유분으로 끈적끈적해져 "머리 언제 감았어요?"라는 소리를 들을까봐 사용하지 않는다. 내가 생각한 양보다 훨씬 적게 써야 될까. 시험삼아 병에 든 오일을 몇 방울 떨어뜨려 사용하는 식이 아닌, 스프레이식 헤어오일을

써보니 조금 낫기는 했지만 여전히 적정량을 파악하지 못하고 있다.

샴푸는 투인원 샴푸가 편해서 그걸 사용해왔다. 그전에는 사용감이 아주 좋은 비누가 있어서 그걸 샴푸 대용으로 사용했는데, 구연산으로 꼼꼼하게 린스를 안 하면 머리카락이 엉켰고, 원가 상승으로 그 비누가 절판돼 샴푸로 되돌아왔다. 화장품과 마찬가지로 처음에는 좋아도 사용하다보면 가려워지기도 하고 끈적거리기도 해서 이것저것 유랑하다가 간신히 맞는 샴푸를 찾아서 줄곧 애용했는데 세 병째 사용하면서부터는 다시 머리카락이 뻣뻣해졌다.

'역시 편리한 건 효과가 적은가' 하고, 새로운 샴푸를 찾다가 존마스터스 오가닉 제품을 사용해보니 뻣뻣함이 사라졌고, 모발에 윤기가 난다는 말도 들었다. 여기에다 더운 계절용과 추운 계절용으로 다른 샴푸를 쓰자 효과가 더 좋은 듯했다. 두 가지 기능을 하나로 합친 투인원 샴푸는 물건을 줄이는 데는 좋지만, 효과가 별로인데도 계속 쓰기는 힘들다. 결국 한 병이었던 샴푸가 순식간에 네 개로 늘어났다. 한 제품으로 지금과 같은 효과를 얻는다면 바꾸겠지만, 화장품 같은 꼴이 될 듯하고 더이상 이것저것 시도하고픈 욕망도 사라졌다. 피부에 안 맞거나

효과가 현격하게 떨어진다면 모를까, 욕심내지 않고 지금
쓰는 샴푸를 얌전하게 사용하기로 결심했다.

기모노

어머니에게 손질이 안 된 기모노를 왕창 받은 후, 착용 불가능한 건 버리고 손질이 필요한 건 전부 입을 수 있게 세탁해서 주변의 기모노 애호가들에게 나눠주거나 바자회에 보냈다. 그후 기모노는 오비 하나도 구입하지 않았다. 친구에게 "아직도 한참 더 줄이고 싶은데 어떻게 하면 좋을까" 하고 의논했더니, "안 돼, 이제 그만 처분해. 늘일 필요도 없지만 줄일 필요도 없지 않아? 이제는 만들 수 없는 것도 많은데 아까워" 하며 말렸다. 확실히 하나하나 추억이 담긴 것뿐이지만, 거기에 연연해서는 물건을 못 줄인다는 걸 충분히 알고 있다. 더구나 마침 기모노에 관한 책을 내자는 이야기가 나와서, 그 작업이 끝날 때까지는 처분할 필요가 없겠다 싶어서 보류했다.

하지만 이미 수납공간이 꽉 찼다. 기모노 동지인 친구에게 그렇게 말하자, "나도 큰일이야. 서랍이 꽉 차서 아무것도 안 들어가. 그런데 또 요전에 오비를 두 개나 사버렸지 뭐야……" 하며 점점 목소리가 작아진다.

"마음에 들면 됐지 뭐. 입으면 돼, 입으면" 하고 친구를 다독였다. 어디선가 "그러면 너부터 좀 입어" 하는 소리가 들리는 것도 같다. 스마트폰으로 사진을 보니 "오, 이거 충동구매할 만하네"라는 말이 절로 나올 만한, 우라 노리이치의 작품인 나고야오비(기모노에 사용하는 허리띠의 일종―옮긴이)로 두말할 것도 없이 세련된데다 친구에게도 아주 잘 어울릴 듯했다.

"멋진 걸 찾았으니 잘 됐네. 안 사고 계속 끙끙대는 것보다 확 사버리는 편이 정신건강에 좋아."

남의 주머니 사정이니 편하게 말할 수 있지만, 내 일이라면 역시 기쁘면서도 '저질렀다……' 하며 머리를 감쌌을지도 모른다. 하지만 성격상 나는 조금 지나면 까맣게 잊어버린다.

그런 내가 계속 아무것도 안 사고 버텼다는 건 기적에 가깝다. 말은 그렇지만 사실 눈앞에 놓인 수많은 기모노를 보고 손질과 말리기 등을 하다보면, "적당히 좀 사자,

힘들어죽겠네" 하는 말이 무심코 나온다. 관리하기가 힘드니 더이상 욕심내고 싶지 않은 것이다. 뭐 지금은 그렇다는 말이지만. 갖고 있는 기모노로 부족하지 않을까 싶어 살펴보니 예복용은 히토츠몬 이로무지(무늬가 없는 단색 천에 하나의 가문만 넣은 기모노—옮긴이)가 있고, 거기에 매는 후쿠로오비(속에 심을 넣지 않아 묶기 편하게 만든 허리띠—옮긴이)도 있다. 그보다 더 많은 무늬가 들어간 걸 입어야 할 정도로 화려한 장소에 갈 일도 없을 터라 그걸로 충분하다. 평상복도 있고, 비옷과 겉옷도 있다. 뭔가 필요하면 소장품을 이리저리 돌려 입는 수밖에 없다.

다다미방에 놓인 서랍장 두 곳에 채 넣지 못한 기모노를 어떻게 할까 고민하다가 벽장 한 칸의 위쪽에 공간이 남은 게 생각났다. 하지만 습기 문제도 있어서 종이상자 그대로 보관하고 싶지는 않다. 그러던 중 기모노와 오비를 보관할 때 쓰는, 쉽게 말하자면 지퍼백 같은 봉투에 대해 알게 됐다. 손질한 기모노를 다토가미째로 넣어서 지퍼를 잠그면 습기와 곰팡이 등이 방지된다.

괜찮을 성싶어서 재빨리 구입한 뒤, 만에 하나 잘못된대도 피해가 적은 유카타, 아와세(안팎으로 두 겹의 천을 맞대어 만든 기모노—옮긴이), 그리고 여름용 상복 세트를 각각 넣어서 벽장에 쌓았다. 기모노를 반으로만 접어도 들어갈 만큼 꽤 큰 봉투라 꽉 채우면 제법 무겁다. 상복은 계절별로 소품도 함께 넣어서 보관했다가 필요할 때 그 봉투만 꺼내면 되니 편리하다. 이걸로 해결됐다고 기뻐했는데, 두 달 후 일을 하다가 "투-웅" 하고 크고 둔탁한 소리가 들렸다. 소리가 난 다다미방으로 가보니, 습기가 안 차도록 늘 맹장지를 열어두는 벽장 위 칸에 뒀던 기모노 봉투가 와르르 무너져 있었다. 상자에 넣지 않아서 쌓아올리면서 조금 불안정하긴 했지만 괜찮겠거니 했던 게 실수였다. 한 번 무너진 걸 다시 쌓아올리자니 무거워서 힘이 들었다. 두 달 사이에 체력이 현저하게 떨어지지는 않았을 테고, 빈틈없이 꽉 채웠던 것도 아니어서 얼마든지 다시 쌓아올릴 수야 있지만, 이렇게나 간단히 무너지면 이대로 벽장에 보관하기는 힘들겠구나 싶었다.

"이중에서 버릴 만한 건 없을까."

다시 봉투를 열어 내용물을 살펴본 후 유카타 세 벌과 무명 기모노를 처분했다. 그리고 한참 고민하다가 여름용 상복도 버렸다. 아와세와 여름용 상복은 이십대 때 나도 모르는 사이에 어머니가 만들어준 것이다. 그때는 분명 내가 결혼할 거라고 생각해서 만드셨겠지만, 결국 그럴 기회는 없어 독립하면서 받았다. 어머니의 장례식을 치르면 그때 입을 작정이었다. 하지만 확률적으로 볼 때 여름 상복을 6월 중순부터 8월 말까지 입기도 하고 비단으로 된 검은 문양의 예복을 9월 상순까지 입기는 힘들 것이다. 그러면 그 두 달 반의 가능성을 위해 이 한 벌을 계속 보관할 필요가 있을까 고민하다가, "여름 상복을 입을 시기에 어머니의 장례식은 없다"는 쪽에 걸고, 그 한 벌은 버렸다. 최근에는 장례식도 간소화돼서 유족들도 거의 기모노를 입지 않는데다가, 특히 여름이라면 열사병의 위험도 있으니 양복을 입는 편이 낫겠다고 판단했다. 혹시 그 두 달 반 사이에 장례식을 치러야 할지도 모르지만 그때는 양복을 입기로 했다. 봉투 하나와 유카타를 처분한 덕에 기모노 봉투는 세 개가 되었고, 쌓아올려도 다행히 균형을 유지했다.

여름 상복은 한 벌 줄었지만 평상시에 입는 기모노 수량에는 영향이 없다. 요전에 기모노용 속옷을 줄였지만, 그밖에 줄일 만한 게 없을까 하고 속옷 서랍 옆에 둔 소품용 오동나무 서랍장을 열었다. 원래 벽장용 서랍장으로 쓰던 건데 사용하기가 편해서 벽장 아랫단에서 꺼내 밖에 두었다.

맨 밑에는 버선이 있다. 갑자기 발 길이가 조금 커져서 신발을 새로 샀던 터라, "혹시 버선은 어떨까" 하고 신어봤더니 폭은 조금 여유가 있는데 엄지발가락이 당겨져서 뜨는 듯하다. 신축성이 있는 버선인데도 불편했다. 이전에 선물받은 것 중에 230밀리미터짜리라 그대로 넣어두었던 버선을 신어보니, 아직 세탁은 안 해봤지만 길이가 딱 맞았다.

버선은 주름이 안 생기도록 조금 작게 신어야 한다지만, 여하튼 불편한 걸 참기 힘든 나이가 된 탓에 작은 걸 무리하게 신기보다는 보기 흉할 정도로 주름이 크게 생기지 않는 선에서 적당히 신으려 한다. 작은 사이즈를 억지로 신을 수는 없어서 225밀리미터 사이즈는 기본적으로 처분했다. 집에서 신는, 색깔이 들어간 버선과 우단 소재로 된 버선은 225밀리미터도 신을 만해 그대로 둔다.

그 윗서랍에는 오비지메(오비가 흘러내리지 않도록 그 위에 두르는 띠―옮긴이)가 들어 있다. 다른 사람에게 기모노를 주면서 오비지메도 함께 줬기에 이번에는 젊었을 때 구입해서 이미 낡은, 천연색과 겨자색 오비지메를 처분했다. 그 윗서랍에는 오비아게(오비가 흘러내리지 않도록 매듭에 대어 매는 끈―옮긴이)가 손수건만한 크기로 접혀 있었다.

"흐음, 이거라면 줄일 수 있겠는데."

아와세용, 히토에(홑겹으로 지은 기모노―옮긴이)용, 여름용으로 공간을 구분해서 넣어놨던 것을 색상별로 모은 뒤 가만히 노려봤다. 기모노 소품은 미묘한 색상 차이만으로도 전체 분위기가 칙칙해지기도, 밝고 산뜻해지기도 한다. 색상을 다양하게 갖추고 싶긴 하지만, 무심코 손이 가는 건 정해져 있다. 평소 잘 안 쓰던 다른 색상을 사용하면 코디에 포인트가 돼 좋긴 하지만, 그러면 무진장한 색상이 필요해진다.

먼저 거의 같은 색이라고 볼 수 있는 여름용 중에서 로치리멘(오글쪼글하게 주름이 잡힌 얇은 견직물—옮긴이)과 모시 소재로 된 게 있는 경우 한쪽만 남겼다. 원래 로치리멘은 히토에용이고 모시는 주로 한여름용이라고 하는데, 그렇게 구분하면 수량이 늘어나서 색깔로 골랐다. 어머니에게서 온 것 중에서 지나치게 예스러운 건 서랍에서 뺐다. 히토에용은 원래 세 장밖에 없어서 그대로 둔다. 아와세용은 무지 느낌인 것은 그대로 두고, 포인트용으로 구입한 화려한 문양을 골라냈다. 바탕색이 수수한 기모노를 많이 가지고 있어서 화려한 문양이 들어간 오비아게가 요긴할 줄 알았는데, 진한 색상의 오비가 많다보니 색이 겹쳐서 코디하기 힘들었다. 다해서 스무 장을 골라냈고 전부 착용하지 않은 것이라 바자회 상자에 넣었다. 조금 여유로워졌지만, "깔끔해졌다"까지는 아니다. 수량을 더 줄이려면 앞으로도 몇 단계를 더 거쳐야 할 성싶다.

맨 위쪽에 놓인 좌우 두 개의 서랍에는 아와세용과 히토에, 여름용 한에리(기모노의 장식용 깃—옮긴이)가 들어 있다. 젊었을 때 구매해 사용하지 않았던 자수가 놓인 한에리 등은 스스로 한에리를 달 줄 아는 젊은 사람에게 기모노와 함께 나눠줘 그 수가 줄었다. 한에리는 소모품이라서 시오제(씨실이 굵은 견직물—옮긴이), 우키오리(솟을무늬—옮긴이), 지몬(바탕무늬—옮긴이), 무늬가 없는 것, 무늬가 있는 것 등 이것저것 여러 개를 한꺼번에 사두고 다 쓸 때까지 사지 않는다. 그래서 기본적으로 줄어들 뿐 늘지는 않는다. 여름용은 순견, 마, 합성섬유 소재로 된 것을 역시 한꺼번에 구입해서 사용한다. 이전에는 한에리도 마음에 들면 사들였지만, 최근에는 그렇게 마음에 드는 멋진 한에리를 취급하는 가게도 없어져서 딱히 욕심이 안 생긴다. 순견으로 만든 흰색 한에리 중에 여러 번 빨아서 변색된 것은 다른 상자에 넣어 실내용으로 사용한다.

기모노용 속옷도 플라스틱 케이스를 3단으로 쌓은 서랍에 들어 있다. 저번에 절반 이상을 처분했지만, "좀더 줄일 수 없을까" 하고 가만히 바라봤다. 뱀베르크 인견사는 피부에 자극이 없다는 걸 알았고, 스소요케(기모노용 얇은 속치마—옮긴이) 등도 물세탁이 가능한 소재로 많이 나와서 기쁘다. 손질도 편하고 옷감이 상할까 걱정하지 않고 편하게 입을 수 있어서 좋아했는데, 겨울에 벰베르크 인견사로 만든 아즈마스커트(옷감을 한 폭 덧대서 보폭을 크게 해도 다리가 안 보이게 만든 스소요케―옮긴이)를 입었다가 예상치도 못한 사건이 일어났다.

평소는 외출할 때도 쓰무기(명주실로 짠 기모노―옮긴이)만 입는데, 그날은 기모노 동지인 친구와 유명한 호텔 레스토랑에서 점심을 먹기로 해서 에도코몬을 입었다. 추운 날씨여서 발밑으로 들어오는 바람을 조금이라도 막아보려고, 얇지만 방한 효과가 있다는 아즈마스커트를 스테테코 위에 겹쳐 입었다. 아즈마스커트는 화장실에서 볼일을 볼 때 보통이처럼 한번에 말아올릴 수 있어서 편하다. 옷자락이 바람에 휘말려 올라가도 다리가 보이지 않아 편안했는데, 식사를 마치고 자리에서 일어서려는데 뭔가 이상했다. 오른다리가 당기는 느낌이 들면서 못 걸을 정도는 아니지만 보폭이 좁아졌다. 기모노를 입고 보폭을 좁게 걷는 건 딱히 나쁘지는 않지만 정말이지 불편한 일이었다. 의아해하면서도 종종걸음으로 집에 돌아왔다.

그리고 기모노를 벗어보니 아즈마스커트가 오른다리에 딱 달라붙어 있다. 스소요케는 한 장의 천을 감아서 입지만, 아즈마스커트의 경우 허리 밑으로는 치마처럼 원통 모양이고 남은 부분이 주름을 잡은 듯 겉섶에서 겹친다. 간단하게 말하면 입었을 때 앞에 커다란 주름이 잡히는, 벰베르크 인견사로 된 옷단까지 달린 스커트다. 그 남은 주름 부분이 어떤 계기로 오른다리를 휘감았던 모양이다. 평소 황새걸음으로 걷다보니, 그때도 다리를 힘껏 벌렸다가 주름 부분이 펴지면서 오른다리를 휘감았을 것이다. 그전에는 속에 매끄러운 실크 스테테코를 받쳐 입어서 잘 발라붙지 않았는데, 이날은 속에 방한용 스테테코를 입어서 매끌거리지 않아서 그랬을지도 모른다. 아즈마스커트는 무용하는 사람들이 즐겨 입는데, 그런 사람들은 보폭을 조절해 걸어서 다리에 휘감기는 상황은 만들지 않을 것이다. 여하튼 일반 옷을 입었을 때처럼 성큼성큼 걸은 게 문제다. 주반(기모노용 속옷—옮긴이)을 걷어차서 주반이 겉섶 밖으로 나온 적도 있었지만 조심하다보니 그런 일은 없어졌다. 하지만 그래도 역시 황새걸음이었던 모양이다. 서랍에는 스소요케와 아즈마스커트 두 종류가 들어 있었지만, 이 일을 계기로 아즈마스커트는 처분했다.

덕분에 속옷이 조금 줄어 기쁘기는 했는데, 일반 옷과 마찬가지로 기모노용 속옷도 바뀌게 됐다. 처음에는 기모노용 원피스 속옷을 입었다가 스소요케를 입었을 때 아래쪽 라인이 확연히 다른 점에 놀라 원피스파에서 스소요케파로 변했지만, 그 스소요케를 갖춰 입는 일이 점점 부담됐다. 허리끈은 내 몸에 맞는 부분에 묶으면 "조인다"는 느낌이 전혀 없지만, 그 외의 끈들이 꽤 신경쓰이고 불편했다. 이전에는 주반에도 기모노에도 꼭 다테지메(옷매무새가 흐트러지지 않도록 오비 안쪽에 매는 끈―옮긴이)를 사용했는데, 최근에는 폭 10센티미터 정도인 그 비단조차 압박되어서 주반에는 쓰지만 기모노에는 무명 허리끈을 짧게 잘라 가슴끈을 대신한다. 오리노 기모노(염색된 실로 옷감의 무늬와 모양을 만든 기모노―옮긴이)를 입을 때에만 시도해봤는데, 가슴 주변도 흐트러지지 않으면서 아무런 문제가 없었다.

아주 오래전, 학생 시절에 처음으로 도카마치 쓰무기(니가타현 도카마치에서 생산된 명주로 만든 기모노―옮긴이)를 샀다. 어머니에게 기모노 소품을 받았는데, 거기에 다테지메가 아니라 다테마키(다테지메와 같은 용도의 끈으로, 다테지메는 몸에 두 번 감고 묶으나 다테마키는 여러 번 말아 감는다―옮긴이)가 있었다. 지금은 없어서 정확히 기억나지는 않지만, 다테지메보다 폭이 넓고 길었으며, 양 끝에 다시 얇은 끈이 달렸던 것 같다. 몸에 둘둘 감는 방식인데, 만화에서 닌자가 입에 물고 휘리릭 사라지는 모습을 묘사할 때 나오는 두루마리 편지와 꼭 닮았다. 천의 짜임새도 다테지메보다 훨씬 견고한 느낌이었다. 내 경우에는 나중에 다테지메를 직접 구입해서 그걸 사용했기 때문에 다테마키를 써본 적이 없었다. 기모노 촬영을 할 때 기모노를 입혀준 분이 다테마키를 가져와서 한 번 써봤는데 몸이 원통 모양이 되도록 주반 위로 감길래 옛날 사람들은 체형 보정도 겸해서 예식 자리 같을 때 이걸 사용했나보다 했다.

몸상태에 따라서 허리끈조차 부담될 때가 있다. 나보다 열두 살쯤 많은 기모노점 여주인은 "나도 젊었을 때는 무명이나 비단 허리끈도 아무렇지 않았는데 점점 불편해져서 최근에는 신축성이 있는 허리끈을 사용해요"란다. 그 기모노점은 매년 개최되는 '기모노 대회'에도 출품하는데, 각 기모노점 여주인들의 기모노 차림을 그때 볼 수 있다. 이곳 여주인과 친하게 지내는 다른 기모노점의 여주인들은 모두 취향이 좋고(좋다기보다 나와 취향이 맞고) 정말 멋진 분들이다. 내가 즐겨 찾는 가게의 여주인도 늘 고급스러운 기모노를 멋지게 입고 있어서, 내가 "비단색이 참 곱네요"라고 하자 "이건 돌아가신 시어머니가 물려주신 건데, 근무복으로 오래 입었더니 앞쪽에 얼룩이 잔뜩 생겨서 가리려고 염색을 했어요"라고 한 적도 있다. 멋

있다고 생각했던 다른 가게의 여주인도 신축성 있는 허리끈을 사용한단다. 기모노를 입은 모습은 아무 문제도 없어 보였다.

"그나마 묶은 것도 아니고 앞쪽에 찔러 넣었어요."

나는 이전에 고무벨트를 사용했을 때 너무 불안해서 꽉 조였더니 위아래가 엄청나게 쭈글쭈글해져서 무명이나 비단 끈을 사용했던 건데, 편하다면 신축성 있는 그런 끈도 사용해보고 싶었다. 그런 말을 했더니 기모노점에서 바로 그 신축성 있는 허리끈을 보내줬다. 고무벨트처럼 전체적으로 늘어나는 게 아니라 끈의 일부만 신축성 있는 소재이고 나머지는 무명이다. 말하자면 양쪽의 장점을 합한 것이다. 집에서 사용해보니 문제는 없어서 앞으로 몸상태, 체형, 감각의 변화에 따라 기모노와 관련된 물건들도 달라지지 싶다.

집에서 기모노 속옷을 다양하게 조합해 입어봤다. 예컨대 하다주반(가장 안쪽에 입는 피부에 직접 닿는 속옷—옮긴이)+스테테코+엉덩이가 작아 보이는 스소요케+나가주반(기모노와 하다주반 사이에 입는 긴 속옷—옮긴이)이나, 통소매 한주반+스테테코+스소요케, 기모노용 슬립+스테테코+나가주반 등 이래저래 시도해봤는데, 하다주반을 좋아하긴 하나 착용법이 서툰지 몸에 제대로 자리잡질 않는다. 손세탁도 가능하고 가장 편한 건 통소매 한주반 조합이다. 외출할 때는 약속 시간에 늦으면 안 되고 식사도 하므로, 엉덩이 쪽 모양새를 포기하고 가장 편한 기모노용 슬립 조합을 해봤다.

여름용 기모노 슬립은 등과 겨드랑이에 땀받이가 붙어 있어서 요긴할 듯해 구입했는데, 외출하고 돌아와보니 기모노 등쪽 허리띠 아래가 땀에 젖어 있었다. 그런 상태라면 당연히 나가주반에도 땀이 밴다. 나는 등에 땀이 나는 체질이라서 이 슬립이면 괜찮겠거니 했는데, 기온이 30도까지 오르자 그 정도 땀받이로는 효과가 없었다. 땀이 밴 기모노와 나가주반은 세탁소에 맡겼지만, 슬립은 땀을 막아주는 효과가 없으면 착용하는 의미가 없어 처분했다.

아시베오리(하다주반의 일종으로, 동체 부분을 천연 소재로 만든다—옮긴이)는 가슴부터 허리까지 땀이 번지지 않게 거의 완벽하게 막아주지만, 내가 땀을 흘리는 등 윗부분까지는 막아주지 못해서 무척 아쉽다. 이렇게 편리한 세상이니 내가 원하는 제품이 분명 나와 있을 거라며 찾아봤더니, 등 위쪽부터 끝자락까지 방수포가 붙어 있고 앞에서 여며 입는 방식의 기모노 슬립이 있었다. 이전에 같은 브랜드에서 출시된 방수포가 붙은 다른 타입으로 사용해본 적이 있었는데, 사이즈가 안 맞아서 길이를 수선해야 했고 허리 아래로 주름이 잡혀서 하체가 펑퍼짐해 보여서 입지 않았다.

그런데 지금 찾아보니 이전보다 얇고 주름도 없는데다 사이즈도 다양해졌다. 시험삼아 한 장을 사봤는데, 여름에는 조금 더울지 모르지만 기모노에 땀자국이 생기는 것보다는 낫지 싶다. 이제 이것저것 시도해보는 짓은 그만두기로 하고 통소매 한주반 세 장, 기모노 슬립과 하다주반 세 장(면마 소재로 된 것 한 장 포함), 벰베르크 인견사로 된 스소요케 세 장, 스테테코 다섯 장은 처분했다. 서랍이 텅 비어서 조금 산뜻해졌지만, 가장 부피가 큰 기모노와 오비를 줄이지 않는 한 "해냈다"는 만족감은 없다. 하지만 여기서 더 줄이려면 시간이 조금 필요할 듯하다. 한 번에 하지 않더라도, 그냥 천천히 해나가도 괜찮지 않을까 하고, 다시 스스로에게 관대해진다.

나가주반 상태는 어떨까 하고 서랍을 열어보니 거기도 엉망진창이다. 어머니에게 받은 것도 손질해서 넣었기 때문에 수가 늘어났다. 맑은 날 환한 곳에서 살펴보니 여기저기 문제가 보인다. 노안이라 밝은 곳에서 보지 않으면 어디가 문제인지 눈에 안 들어온다. 젊었을 때 샀던 연분홍색 아와세용 주반 중에서, 세탁했는데도 소맷부리 오염이 제거되지 않은 것 두 장은 니부시키주반(위아래가 나뉜 기모노 속옷. 나가주반을 반으로 자른 듯한 형태다—옮긴이)의 소매를 교체하는 한주반과 스소요케로 만들 요량으로 물세탁을 하고서 보자기에 싸서 다다미방으로 옮겼다. 이동했다고 물건이 줄지는 않았다는 걸 지금까지 충분히 경험했으니 긴장감을 늦추지 않는다.

여름용 주반은 기본적으로 소모품이다. 기모노를 입는 친구 중에 어렸을 때부터 일본무용 등 다양한 전통문화를 배운 친구는 "평상복으로 기모노를 입으면 주반도 기모노도 소모품으로 여기게 돼"라고 했다. 나 역시 집에서도 입지만, 구두쇠라서 그런지 여름용 주반은 몰라도, 주반도 기모노도 소모품으로 여겨지지 않는다. 지금은 아니지만 예전에는 기모노를 입을 때마다 더러워질까봐 마음졸였다. 생각해보면 다도를 배우는 사람들도 기모노를 입고 다다미 위에서 무릎걸음을 하기 때문에 기모노가 긁힌다. 그런 사람들에게도 기모노는 소모품일 것이다.

친구는 "예의를 갖춰야 할 자리에서는 순견 주반을 입지만 그렇지 않을 때는 물세탁할 수 있는 니부시키를 입어"라고 한다. 긴자에 위치한 기모노점 '구노야' 단골이라 거기서 니부시키를 맞췄다고 했다. '구노야'의 물건은 다른 데서 파는 합성섬유 소매가 달린 니부시키 제품보다 품질이 좋았단다.

같은 얘기를 고우타 선생님에게도, 선생님의 따님인 일본무용가에게도 들었다. 프로는 프로답게 합리적으로 사고하는 법이다. 예전에는 합성섬유가 피부에 닿으면 빨개지고 두드러기가 생겼는데, 요즘에는 그런 증상이 나타나지 않는다. 합성섬유의 품질도 좋아졌으니 물세탁이 가능한 니부시키주반도 편리할 성싶다. 하지만 새로 구입하면 다시 수량이 늘어나므로, 갖고 있는 천으로 틈틈이 교체용 소매를 만들어 사용할 생각이다.

　　아와세용 주반을 점검하기 앞서, 마침 여름용으로 바꾸기 직전 즈음 저녁식사를 하고 여름용 주반을 점검했다. 그러다 그전에는 보지 못했던 땀자국이 남은 하얀 순견 모시 주반을 발견했다. 오래되어 변색된 주반도 있었다. 여름에는 깔끔한 하얀 주반을 입고 싶어서 만든 것인데 20년 정도 되기도 했고 그 외에도 흰색 비단이 한 장 있어서 이쪽은 처분했다. 모시 주반도 자세히 보니 땀자국이 생겼다. 표백해봤지만 깨끗해지지 않아서 이것도 처분했다. 주반은 목면으로 된 안깃 부분에도 땀자국이 남을 때가 많아서 세탁을 맡길 때마다 새것으로 교체하고 있다. 여름용 주반은 다루기가 무척 힘들다.

　　동정의 경우, 예전에는 목면으로 된 동정을 사용했는데 부드러워서 각이 잡히지 않아, 바이어스 처리된 하나

부키 동정을 사용중이다. 폴리에스테르 65퍼센트와 면 35퍼센트 혼방으로 바이어스 처리돼 동정이 깃 주변에 잘 밀착되고, 그 위에 일반적인 한에리(기모노에 덧대는 장식용 깃—옮긴이)를 덧달아도 괜찮다. 바이어스 처리된 한에리를 사용하는 사람도 있는데, 써본 적은 없지만 바이어스라서 세탁하면 늘어나지 않을까 싶다. 여름용 주반에도 같은 동정을 다는데, 올해는 더위에 굴복해서 외출 때는 메시 소재로 된 삽입식 동정을 사용해봤다. 동정을 단 한에리보다 확실히 시원했지만, 목덜미가 뜨는 감이 있어 아무래도 신경쓰였다. 한쪽을 선택하라면 시원한 쪽이기는 하지만 말이다.

나이가 들면 몸에 맞는 것도 달라진다는 걸 절감한다. 앞으로도 변할 수도 있지만, 여하튼 수량은 늘리지 않으면서 간편함과 쾌적함을 고려해서 취사선택해가려 한다.

책

책은 1년에 서너 번, 모아서 처분하는데도 최근에 다시 늘고 있다. 변명하자면 읽고 싶은 책이 매년 일정하지 않고, 기분에 따라 책 구매욕이 안 생기는 해도 있는데 올해는 의욕이 솟은 해였다. 그림책, 에세이, 만화, 사진집. 평소에는 소설을 안 읽지만 올해 다시 소설이 읽고 싶어져 한동안 멀리했던 해외문학에도 손을 뻗었다. 예전에도 마찬가지였지만 눈에 들어온 책을 몇 권씩 사서 테이블에 올려둔다. 그런 뒤 적당히 골라서 읽는 식이라 늘 몇 권의 책이 대기중이다.

올해, 절판된 곤도 요코의 만화 『룸메이트』를 무료로 읽을 수 있다는 걸 알게 됐는데 저자가 힘들게 그린 작품을 무료로 읽자니 마음에 걸렸다. 그러던 중 (아주아주 싸지만) 유료로 다운로드받는 시스템이 있길래 컴퓨터를 사용한 후 처음으로 책에 관한 걸 다운로드해봤다. 인터넷 쇼핑과 똑같이 카트에 넣고 계산한 후 "제대로 다운로드가 될까. 실패하지 않을까" 하며 마음 졸였는데, 무사히 다운로드가 됐다. 이런 시스템은 확실히 편리하지만 종이의 감촉이 전해지지 않아 허전하긴 하다. 익숙해지면 괜찮아질지도 모르겠다.

책을 한 권씩만 구입해서 그 책을 다 읽기 전에는 다른 책을 안 사는 사람도 있지만, 내게는 절대 불가능한 일이다. 대체로 두세 권을 병행해서 읽는 탓에 아무리 해도 책이 쌓인다. 한 권을 다 읽고서 다음 책을 읽는 방식은 어차피 무리한 일이라 시도해본 적도 없고 그럴 생각도 없다.

하지만 그런 한가한 소리를 할 수 없게 되었다. 아이패드를 활용하는 사람은 "책은 전부 버려도 괜찮아. 앞으로는 전자책으로 나올 테니까"라고 말하지만, 전자책 담당자가 데이터를 제공하지 않으면 기다려도 시장에는 안 나온다.

『바킨 일기』는 전자책으로 나올까? 히구치 이치요 전집은 어떻게 될까. 나가이 가후의 일기 『단초테니치조』는?'

내가 앞으로도 쭉 읽고 싶어하는 책은 아무리 시간이 흘러도 전자책으로 출간되지 않을 것이다. 지금은 희귀서가 아닌 이상 책을 처분해도 어디선가 구할지도 모르나 모든 책을 쉽사리 버릴 수는 없다.

그래서 책이 쌓인다. 『욕망과 수납』을 읽은 어느 독자분께서 "괜찮으시면 필요 없는 책을 여기로 보내주시면 고맙겠다"며 편지를 보내와 기쁘게 받아주는 곳이면 괜찮겠다 싶어서 책을 상자에 담아 조만간 부칠 생각이다. 그럼에도 아직 안 읽은 책이 있다.

최근에는 도서관에 가도 읽고 싶은 책이 없다. 읽고 싶은 책이 있대도 중앙도서관 서고에 보관된, 거의 창고에 있는 것뿐이다. 많은 사람들이 예약해서 보는 베스트셀러는 빌려서 읽지 않으니 상관없지만, 시험삼아 『불꽃』을 지역 도서관에서 검색해봤다. 나는 아쿠타가와상 수상작이 실린 잡지에서 이미 읽어서 필요가 없었지만, 예약 건수가 1394건이었다. 결국 이렇게나 많은 사람들이 기다린다는 건데, 한 사람이 열흘 동안 읽는다고 가정하면 한 달에 세 명이다. 현재의 예약자가 다 보려면 38년 이상이 걸린다.

"뭐야, 이게."

나는 항상 도서관에는 문고본을 두면 안 된다고 생각

했는데, 예약중인 천 명 이상의 분들은 반드시 문고본으로 나올 책이니 티셔츠 한 장 덜 사고 부디 책을 사서 읽었으면 한다.

예전과 달리 요즘 도서관은 이용이 불편해서 자료가 급하게 필요한 경우에만 책을 빌리게 되었다. 최근에는 농업에 대해 조사하면서 관련 도서를 빌린 정도로 이용했을까. 그럴 때는 요긴하지만 평상시 독서에는 별로 고마움을 느낄 수 없는 장소가 됐다. 예전에는 도서관을 내 책장처럼 이용하면 된다고 생각했는데, 요즘에는 내가 읽고 싶은 책만 없어서 발길도 뜸해졌다. 가장 가까운 도서관은 오랫동안 리모델링을 진행해서 깨끗해졌지만, 장서량이 줄었는지 아담해졌고 읽고 싶은 책은 점점 줄었다. 이런 상태라 책을 안 살 도리가 없다. 책을 늘리기 싫어서 사지 않는다니 글 쓰는 사람 입장에서는 이치에 맞지 않는 일이라 어쨌든 매주 책을 구입한다. 일의 진척 상황에 따라 시간이 날 때는 읽을 수 있지만 마감이 이것저것 겹치면 전혀 읽을 짬이 없다. 하지만 산책을 나갔을 때 서점은 물론 헌책방에 들르는 즐거움을 포기하지 못해 어느새 책이 늘어난다. 최근에는 그 과정을 반복중이다.

서점도 가급적 독립서점을 이용하는데, 거기 갔다가 지금 놓치면 다시 입고되지 않겠다 싶은 책은 일단 사둔

다. 도심의 대형서점은 다를지 모르지만 우리집 근처 체인형 서점에 가도 원하는 책이 없을 때가 있어서 신간도 찾기가 힘들다. 그만큼 유통되는 수량이 적어졌다는 이야기일 터이다. 그런데도 젊은 사람들이 새롭게 서점을 열기도 하고, 책을 좋아하는 사람들이 이런저런 책을 읽고서 트위터 등에서 의견을 교환하는 모습을 보면 수가 줄기는 했어도 아직 책을 좋아하는 사람이 있구나 싶어서 반갑다. 자리를 차지한다는 이유로 책을 전부 데이터화하는 일은 역시 쓸쓸하다.

원래 책장에 마구잡이로 꽂지 않고 한 줄로 꽂는다고 규칙을 정했지만 그게 어려워져 어쩔 수 없이 남은 책을 종이상자에 담아뒀는데 조금이라도 보기 좋게끔 뱅커스박스를 구입했다. 먼저 뱅커스박스에 지금까지 내가 쓴 책을 넣었다. 다른 책보다는 다시 읽을 일이 거의 없다. 한 권씩만 있으면 되니 증쇄판은 그때마다 처분한다.

"누군가가 갖고 있다면 소유할 필요가 없다"는 게 물건을 줄이는 철칙인 모양이지만, 그렇다고 해도 혹시 필요해졌을 때 '누군가'를 번거롭게 하는 것도 민폐다. 내 책은 헌책방에서도 싸게 파니까 필요할 때 사도 된다지만, '왜 내 책을 내가 사야 해'라는 마음도 있다보니 전부 못 치우고 일단 상자에 넣었다.

정리해서 겉보기에는 그나마 창고 분위기는 아니지만, 기본적으로 장서량이 줄지 않았으니 문제가 해결되지는 않았다. 서재는 이미 벽이 꽉 차서 주방에서 쓰다가 여기로 옮긴 선반도 둘 공간이 없다. 불필요한 물건을 처분할 때 거실 선반도 치우면서 거기 있던 책은 바닥에 쌓아둔 터라, 일단 그 자리로 이동시켰다. 전에 있던 선반보다 폭이 훨씬 좁아서 압박감이 들지는 않지만 크기만 작아졌을 뿐 도로아미타불이다. 빨리 책을 다 읽고 다른 사람에게 넘겨줘야만 한다.

그곳에 쌓아둔 책은 소설이나 문고본이 아닌 비교적 대형 서적이 많다. 잡지는 서재의 책장으로 이동시켰지만, 사전류가 그대로다. 중일사전, 반대어사전 등도 있다. 그 사전들을 잠시 바라보다가 "사전이 이렇게나 필요해?" 하고 자문했다. 평소 원고를 쓸 때는 『메이쿄 국어사전』과 『큰 글씨 가도카와 상용어 필수』를 애용한다. 텔레비전을 보다가 내가 올바른 획순을 너무도 모른다는 사실에 놀라 기겁한 적이 있어 초등학생용 국어사전도 구입했지만 손이 잘 가지는 않는다.

여기에 더해 문제는 커다란 『고지엔』(일본의 대표적인 국어사전―옮긴이)이다. 두 권으로 나뉘어 합본일 때보다 얇아졌지만 그래도 무겁다. 페이지를 넘겨보니 날벌레가

납작하게 붙어 있다. 사전을 사용할 때 주변에서 붕붕 날아다닌 것도 아닌데 왜 사전을 펴면 늘 날벌레가 눌러붙어 있는 건지 알 수가 없다. 수록 어휘도 많아서 글자도 작아 돋보기를 끼고도 확대경을 써서 확인해야 한다. 줄곧 『고지엔』은 필수품이라고 생각했고, 개정판이 나오면 새로 구입했다. 하지만 문득 '이거 필요한가?'라는 생각에 고개를 갸웃했다. 확실히 쓰긴 쓰지만 그 빈도는 아주 낮다. 그리고 정말이지 무겁다. 무겁고 사용하지 않는 건 불필요한 물품을 나눌 때 첫째 조건이다. 『고지엔』을 안 보고 원고를 써도 교열자가 꼼꼼하게 사전을 찾아서 확인해주겠지, 하면서 처분했다. DVD로도 출시됐겠지만 구입할 생각은 없다. 기세를 몰아서 다른 사전과도 작별했다.

거실로 옮긴 선반에 일단 둘 곳 없는 책을 쌓았더니 순식간에 꽉 찼다. 처음에 빈 선반을 보고는 꽃이라도 장식할까 하며 기뻐했는데, 그럴 공간 따위 눈곱만큼도 없다. 다시 이쪽도 창고화 양상이다. 판형이 큰 외서인 인테리어 사진집, 책상 겸 식탁인 테이블에 쌓인 잡다한 책을 일단 선반에 쌓자 간신히 바닥과 식탁 위가 깨끗해졌다. 여기서 다시 선반을 바라보며 판형이 큰 책을 꺼내 손에 들었다. 인테리어 사진집을 넘겨보니 마음에 드는 사진은

열 쪽 남짓이라 그것만 잘라내고 책은 재활용쓰레기로 내놨다.

"흐음."

냉정하게 생각해보니 주방은 넓어졌지만 선반은 자리만 옮겼을 뿐 거기에 처분 못한 책이 놓여 있다. 간사이 사람이 옆에 있었다면, 분명 "결국 더 늘어난 거 아이가" 하고 정곡을 찔렀을 것이다.

"하아아~"

서재에 가서 선반을 바라보니 버려도 될 듯한데 못 버린 책이 눈에 들어온다. 문고본이 나온 건 알지만 단행본 장정이 좋아서 소장하고픈 책과 메이지시대를 배경으로 한 소설을 읽을 때 참고할 만한 책도 있다. 하지만 그 메이지시대 배경의 소설을 언제쯤 다시 읽을까 하는 게 큰 문제다. 비교적 책을 빨리 읽는 편이라서 집중하면 읽을 수야 있겠지만, 젊었을 때와 달리 요즘에는 원고 집필에 시간이 걸려서 그만큼 독서 시간이 줄었다. 개중에는 그림책도 있는데, 그런 책은 금방 읽지만 아이가 없는데도 그림책은 버리고 싶지 않다. 내가 생각해도 의아하다.

책장에 한 줄로 책을 꽂겠다는 규칙은 무너졌고, 아직 안 읽은 책이 쌓여 있는데도 어떻게든 읽고 싶은 신간이 있어서 옆 동네에 쇼핑 간 김에 서점을 방문해 사버렸다.

평소에는 서점을 둘러보면서 예정에 없던 책도 이것저것 샀지만, 이번에는 딱 한 권만 샀다. 다른 사람은 어떻게 생각할지 모르겠지만, "한다면 할 수 있잖아" 하며 만족스럽게 집에 돌아왔다. 그렇게 기어가듯 조금씩 책을 줄일 수 있다면, 하고 스스로에게 기대해본다.

청소도구

현재 사는 맨션에서 22년째 살고 있지만, 주인은 고맙게도 "계속 이곳에 살아주실 순 없습니까" 하고 말해주신다. 계약을 갱신할 때마다, "정말로 고맙습니다"라며 고개를 깊게 숙이셔서 "아니요, 무슨 그런 말씀을" 하고 허둥댄다. 옆집 친구와 계속 이사 이야기를 나눴지만, 주인이 삼층에 두 세대밖에 없는 나와 친구를 너무 신경써주셔서 죄송스럽다. 친구는 우리 마음대로 하는 삼층은 '무법지대'라고 말하는데도 말이다. 맨션 개수공사 때에도 아래층은 입주자가 바뀔 때마다 내부수리를 할 수 있지만, 나도 22년 이상이고 친구는 신축 때 입주해서 28년 동안 줄곧 거주중이라 내부는 그대로 낡았다. 그것도 나름 분위기가 있어서 좋아하지만, 우리집은 이전에 살던 가족 중에 흡연자가 있었던 모양이다. 게다가 내가 입주할 때 예전 주인이 도배를 새로 하지 않았는지, 닦아도 누런 얼룩이 두드러지고 지워지지 않는 부분이 있다. 냄새는 안 나서 그냥 지내긴 했지만 문제가 전혀 없는 건 아니었다.

우리가 오래 사는 바람에 내부수리를 못 해서 죄송하다고 옆집 친구가 전혀 악의 없이 이야기를 했더니, 주인이 "계속 사셨으면 좋겠다"면서 외부 보수공사를 하는 김에 우리집과 옆집의 물을 쓰는 곳을 리모델링하게 되었다. 더구나 "욕조에서 물이 안 데워지는 게 좀……"이라 했더니 바로 리모델링을 해준단다. 공사 일정도 "이렇게 하면 괜찮겠습니까" 하고 물어주셨다. 우리가 "그런 것까지 간섭할 처지는 아니죠"라고 하자 "불편한 일이 있으면 뭐든 말씀해주세요" 하며 공사업자들도 전부 인사하러 와서 정말로 몸 둘 바를 몰랐다.

그 공사 덕에 베란다에 방치했던 산더미 같은 잡동사니를 정리했는데, 주인이 그렇게까지 해주니 이사가 더 어려워졌다. 고령자는 임대 주택을 구하기 어렵다고 하니 고맙고 감사한 일이지만, 내 경제력이 계속 버텨줄까 걱정스럽다. 월세도 제법 고액이라서 앞으로 계속 지불할 수 있을까 싶다. 감당 못할 정도가 되면 이사하는 수밖에 없는데, 주인이 너무 친절하게 대해줘서 죄송할 뿐이다.

석 달 정도 진행된 공사로 현관 천장까지 닿는 신발장의, 아무리 해도 얼룩이 지워지지 않았던 문도 새로 하얗게 칠했다. 세면실, 욕실, 화장실과 탈의실 바닥, 그리고 거실 외의 벽지까지 모두 깨끗해졌다. 세면대도 수납장이 달린 제품으로 바뀌었고, 욕실도 기존의 욕조를 들어내고 물 데우는 기능이 있는 타입으로 바뀌었다. 바닥도 전에는 장판이었는데 마루로 바뀌어서 분위기가 깨끗하고 밝아졌다. 거실은 생활하면서 공사를 진행할 수 없어서 그대로 두었지만, 물을 쓰는 공간이 깨끗해진 것만으로도 기분은 좋다.

그래서 세면대 아래에 뒀던 청소용구 종이상자를 점검했다. 전에 쓰던 세면대를 철거해야 해서 안에 들어 있던 것을 그대로 상자에 넣어뒀었다. 베이킹소다, 구연산, 세제가 필요 없다고 광고하는 각종 스펀지, 극세사 걸레, 극세사 장갑 등. 다른 회사의 같은 소재 제품도 여러 개다. 왜 이렇게 이것저것 갖고 있느냐면 안 그러면 오염물질이 안 지워져서다. 그런데 리모델링 결과, 엄청나게 깨끗해져서 이제 이 상태를 유지만 하면 그만이다.

솔직히 이사할 생각도 있었고, 아무리 청소를 해도 욕조가 깨끗해지지 않아서 의욕도 잃었었다. 청소를 할수록

허무해져서 "어차피 이사 가면 이 욕조는 새로 바뀔 건데 죽어라 닦을 필요도 없어" 하고 손을 놓았다. 더러운 건 나도 싫어서 청소는 했지만, 표면이 낡아 거무스름하고 물을 데울 수 없는, 섬유강화플라스틱 욕조에 들어가도 기분은 별로였다. 탈의실과 화장실 바닥에는 장판이 깔려 있었다. 이 장판도 묵은 때가 지워지지 않아서 아무리 닦아도 깨끗해지지 않았다. 그래서 이것 역시 "어차피 이사 하면 청소업체가 올 테니까" 하고 대충 청소했다.

'물을 쓰는 공간이 깨끗해졌으니 청소용구는 없어도 되지 않을까' 하며 점검에 들어갔다. 먼저 장판을 청소할 때도 사용했던 청소 밀대를 처분했다. 바닥에 닿는 부분에 고무 재질의 돌기가 붙어 있고 거기에 천 등을 덮어서 사용하면 돌기가 바닥을 문질러 오염이 쉽게 제거되는 구조다. 종이를 사용하는 마룻바닥용 밀대도 있지만, 그 강력판이 있는 게 좋을지도 모른다. 처음에는 장판의 더러운 부분을 손으로 닦았지만 역시 이 나이가 되니 운동이 되는 게 아니라 녹초가 되어버리는 바람에 밀대를 사용했다. 젖은 극세사 천을 밀대에 끼워 바닥을 문지르면 큰 힘을 들이지 않고도 깨끗해졌다. 하지만 장판이 올록볼록해서 볼록한 부분은 밀대로 깨끗하게 닦이지만 오목한 부분은 안 닦인다. 이 부분은 수작업이 필요한데, 그럴

힘도 없어서 볼록한 부분만 청소했다.

극세사 천, 각종 스펀지, 뜯지 않은 여분은 바자회 상자에 담았다. 베이킹소다와 구연산은 사용하니까 그대로 둔다. 매직스펀지가 있으면 대부분의 오염은 지워지므로 이것도 남겼다. 벽도 바닥도 깨끗해진 화장실에 들어가자 신경쓰였던 변기솔이 눈에 걸린다. 변기솔을 쓰면 확실히 깨끗해지지만 그 솔을 계속 케이스에 보관하는 게 신경쓰였다. 화장실은 욕실과 이어진 환풍기가 있지만, 창문은 없다.

변기솔을 바꿀 때가 되면 반드시 케이스까지 새로 샀다. 최근에는 케이스를 버리고 청소 후 솔의 물기를 잘 털고 고리에 걸어두었다. 하지만 어떤 모양의 솔이든 사용하기가 조금 불편하다. 그래도 변기솔은 꼭 필요해서 이게 없으면 어떻게 변기를 청소할까 생각했었는데, 베테랑 주부가 손으로 청소한다길래 '그래, 손이 있었지' 하고 납득했다. 변기솔도 사용이 쉽지 않아서, 자루를 쥔 팔을 변기 곡선에 맞춰 이리저리 돌려야 하는데, 눈에 보이는 부분은 몰라도 눈에 보이지 않는 가장자리 안쪽 부분이 닦이는지 의문스럽다. 거울까지 동원해서 한 번 깨끗하게 닦은 적이 있어서 기겁할 정도는 아니겠지만, 신경은 쓰인다.

하지만 손으로 하면 구석구석 닦을 수 있고, '케이스 안에 곰팡이나 세균이 득실거릴지도 몰라' 하며 찜찜했던 변기솔과 케이스를 없애도 되고, 청소할 때도 한 번에 바닥까지 닦을 수 있다. 시도해볼까 하고 물이 고인 부분에도 손을 넣어야 하니까 의료용인지 뭔지 모르지만 얇은 고무 재질의 장갑을 한 팩 구입해봤다. 작게 자른 매직스펀지로 가볍게 문지르자 순식간에 깨끗해졌다. 스펀지와 장갑은 한 번만 사용한다. 유지비를 생각하면 비경제적일지도 모른다. 하지만, 불안정한 변기솔과 케이스를 옮기다가 바닥에 쓰러뜨렸을 때 "에잇, 제길" 하고 화를 내며 화장실 청소를 하는 것과 걸리적거리지 않고 재빨리 닦아낼 수 있는 것 중에서 청소를 싫어하는 나는 후자를 선택했다. 가족도 없으니 화장실은 나만 사용하는데다가 내가 배출한 것은 내가 처리한다는 차원에서, 위생상 맨손은 힘들어도 고무장갑을 끼면 괜찮다고 생각을 바꿨다.

주방 조리대도 다양한 행주를 사용해봤지만, 앞서 말했듯이 바람이 안 통하고 햇볕이 안 드는 구조라서 물기가 있는 행주 등을 두면 위생상 좋지 않다. 이전에는 타일벽, 붙박이 찬장, 조리대는 극세사 천으로 닦았는데, 그 천은 깨끗하게 닦이기는 하지만 물기를 흡수하지 않아서 아무리 해도 물기가 남는다. 그래서 다시 일회용 행주 등으로 닦아야 해서 손이 두 번 간다.

어차피 두 번 손이 간다면 벽, 찬장, 조리대 전부 매직 스펀지로 문지른 후 일회용 행주로 닦는 편이 나았다. 스펀지가 더 잘 닦여서 극세사 천보다 스펀지를 자주 사용하게 됐다. 원하는 크기로 자를 수 있는 점도 좋다.

가스레인지대도 새것으로 바꿨는데, 달라붙은 오염물질도 이 스펀지로 문지르면 금방 제거된다. 매일 수시로 닦는 조리대, 가스레인지대 청소는 천 종류 대신 새롭게 들인 키친타월로 가볍게 닦는다. 가스레인지대는 조금 더 럽다 싶으면 버리는 천으로 바로바로 닦는다. 키친타월은 더러운 걸 닦았을 때는 버리고, 물기만 닦은 경우에는 고양이 헤어볼 청소용 상자에 넣어둔다. 여하튼 우리집 같은 구조의 주방에는 곰팡이의 원인이 되는 물기를 남기지 않으려 한다.

바깥 청소용 빗자루와 쓰레받기, 바닥솔은 새로 구입했다. 평소에는 매달 교체하는 칫솔을 모아뒀다가 세면대와 욕실의 배수구 등 좁은 부분을 닦아내는 식으로 청소한다. 이렇게까지 청소에 적극적인 적은 없었기에 스스로도 놀라지만, 욕실이 새로워진 순간부터 청소도 꼼꼼하게 하고 수시로 물기를 닦아내게 되었다.

욕조 청소도 욕조 제조사에서 나온 제품을 사용하면

잘 닦이겠지 싶어서 욕조 청소용 솔을 구입해서 매일 가볍게 닦고 있는데, 겉으로는 깨끗하게 보여도 달라붙은 때가 있기 마련이라 그 때가 말끔하게 닦여 산뜻하다. 또한 매일 뜨거운 물을 부은 후 세차용 흡수타월을 사용해 욕실 안의 물기를 전부 닦아냈다. 일반 타월은 닦아도 물기가 남아서 대형 세차용 타월이 사용감이 좋다. 천장은 밀대에 천을 씌워 가볍게 닦고, 하루종일 환풍기를 틀어둔다. 이전에는 욕조의 물기를 매일 닦는 일 따위는 하지 않았다. 아무리 나라도 새것이 된 욕실을 내 손으로 더럽히기는 꺼리는 정도의 신경은 아직 있는 듯하다. 그리고 도구도 나에게 편한 걸 고르면 청소도 편해진다는 걸 알았다. 조금씩 자주 청소를 하면 대청소는 필요 없다고 쓴 책을 몇 권이나 읽고는 "말이 쉽지" 하며 비웃기도 했지만, 리모델링을 한 덕에 뇌의 '청소한다'는 부분이 자극된 모양이다. 솔직히 다른 방은 어디고 티끌 하나 없다고 말할 수는 없지만, 욕실만은 자신할 수 있다. 수도꼭지에도 작은 물때 하나, 물 자국 하나 없다. 예순이 넘어서야 하면 된다는 걸 깨닫는 일도 어떤지 모르겠지만, 여하튼 다행이다. 다음은 청소기의 처분인데, 마룻바닥은 지금도 빗자루를 사용해서 문제없지만, 처음부터 카펫이 깔려 있던 방은 역시 어렵다. 걸레를 꽉 짜서 카펫을 문지르면 먼지가 제거된다고 들었다. 빗자루로도 카펫의 찌꺼기는 잘 제거된다지만, 우리집 카펫에는 고양이털이 엉켜 있는데다가 빗자루로 쓸면 먼지가 일 것 같다. 지금까지처럼 한번에 청소기로 빨아들이는 게 좋을지, 조금씩 긁어내는 게 좋을지, 어느 쪽이 편하고 깨끗해질까 고민중이다.

청소기를 이용하면 실제로 카펫 위의 털뭉치는 없어지지만, 카펫 속까지 깨끗해졌는지는 알 수 없다. 아마도 해봤을 때 힘든 쪽이 깨끗해질 것 같기도 하다. 세상 이치가 그럴 터이다. 걸레로 문질러서 문제가 없을 경우 하루에 사방 50센티미터씩만 해나가면 부담없이 할 수도 있을 듯해서 시도해볼까 싶다. 그리고 언젠가는 청소기를 처분하고 싶다.

가구

나는 거실 식탁에 노트북을 올려놓고 일을 하는데, 이 탁자가 꽤 크다. 긴 쪽이 140센티미터, 짧은 쪽이 85센티미터, 높이가 72센티미터로, 짧은 쪽의 한 면을 벽에 붙여두고 그 맞은편에서 일을 한다.

식탁의 나머지 공간은 거의 비어 있어서 거기에 책과 잡지와 잡다한 서류를 올려둔다. 그러는 동안 식탁 위 퇴적층 아래쪽에는 뭐가 깔려 있는지 알 수 없게 되었다. 잡지를 읽으려고 "분명히 이 근처에 뒀던 것 같은데……" 하며 쌓인 책들을 치워보지만 보이지 않는다.

초등학교 졸업식 행사에서 타임캡슐을 교정에 묻고 수십 년 후에 꺼내는 행사를 많이 한다. 그런데 각자의 기억

이 다르고 분명 있다고 생각한 곳에 없는 경우가 있는데, 그와 마찬가지로 "여기에 있을 텐데" 하는 장소에, 대부분의 경우에는 없다.

"어?" 하면서, 퇴적된 물건을 하나하나 빼내고서야 간신히 찾아내는 형편이었다. 우편물만큼은 거기에 중요한 서류가 섞인 경우가 많아서 쌓이면 나중에 문제가 되니 그때그때 필요한 것들과 불필요한 것들을 매일 확인해 처리한다. 우편물은 그렇게 정리가 되는데, 자료로 쓰려고 인쇄한 것, 읽으려고 뜯어둔 잡지 기사 등은 식탁에 끊임없이 쌓인다. 당연히 식탁으로서의 의미는 사라져 식사는 소파 앞 좌식테이블에서 했다.

하지만 선반을 거실로 이동한 후 책을 거기로 옮기고 서류는 각각 분류해서, 마침내 식탁의 나뭇결이 보였다. 거실의 크기로 볼 때 균형은 나쁘지 않지만, 나이가 들면서 내게는 너무 크다 싶었다. 금속제 다리와 목제 상판뿐인 심플한 디자인에 조립식 식탁이라 간단히 이동할 수 있지만, 이것의 절반 크기면 되지 않을까 싶다. 20년 이상 애용해서 처분하자니 아쉽기도 하고, 다음에는 지금보다 훨씬 좁은 집으로 이사할 테니 그때 집에 맞춰 구입하는 편이 좋지 않을까 싶기도 하다.

이 테이블에 맞춰 구입한 의자 네 개도 시트 가죽이 벗겨져서 갈아줘야만 한다. 가죽을 교체하는 비용보다 새로 사는 게 돈이 덜 들겠다고 생각하면서, 의자 시트에 신축성이 있는 커버를 씌워 사용중이다. 앉은뱅이 책상에 방석을 쓰는 조합이 가장 좋지만 현재 상황에서는 힘들어 혹시 시간적 여유가 생기면 집의 인테리어도 포함해서 소형 가구로 교체하거나 처분하고 싶다.

베란다에 방치했던 야외용 테이블 세트도 치워서 지금은 아담한 빨래건조대뿐이라 개운해졌다. 물건을 베란다에 옮겨놓고는 집안에 없는 걸로 여겼을 때는 베란다에 잡동사니가 있는 게 당연했는데, 막상 처분해보니 정말이지 산뜻했다. '용케도 그런 상태에서 아무렇지 않았구나' 하고 생각하니 그때의 내가 어이가 없다.

거실에는 그 외에 이인용 소파와 일인용 소파가 있다. 이인용 소파는 벽에 붙여두었고, 일인용은 텔레비전 앞에 뒀다. 우리집 텔레비전이 작아서 거실 벽 쪽에 놓인 이인용 소파에 앉으면 화면이 잘 안 보여서 텔레비전 시청용으로 일인용을 샀다. 하지만 텔레비전도 안 보게 되었고 소파 시트도 낡아서 곰곰이 고민해보고 필요 없다 싶으면, 아직 갈등중인 주방의 오븐토스터기와 함께 대형폐기물로 내놓을까 싶다. 내가 그렇게까지 잡동사니를 방치한 건 대형폐기물 제도를 이용하지 않아서다. 이제부터는 대

형폐기물 제도를 활용해서 그때그때 버린다. 이게 내 키
워드가 됐다.

또한 일할 때 사용했던, 시트가 낮은 서재용 의자는 버
리려던 것을 친구가 가져갔고 그후 압박감이 싫어서 시
트가 낮은 스툴에 앉아서 일을 했다. 처음에는 좋았지만,
오래 앉아 있으면 요통이 있던 것도 아닌데 아무래도 허
리 부근이 불편했다.

게다가 무심코 몸을 뒤로 젖혀 등받이에 기대려다가
아무것도 없어서 "앗, 깜짝이야" 하고 몸을 일으키는 일도
잦았다. 그래서 뚝배기보다 장맛이라고, 실리를 취하고자
사무용 의자를 구입했다. 인테리어는 망가졌지만, 몸에
가해지는 부담을 고려하면 한가한 소리를 할 때가 아니
었다.

여성용으로 나온 그 의자는 착석감이 좋아서 오래 앉
아도 피로하지 않았다.

"역시, 깊게 생각해서 만든 물건은 달라." 그렇게 실감
하고는 '인테리어는 무시해야지' 하고 있다.

덴마크 디자이너가 만든 식탁 위에 노트북을 올리고
사무용 의자에 앉아 있는 모습이 이상한 그림일지는 모
르나 불편한 건 참기 힘드니 이걸로 만족한다. 그리고 올
해 안으로 일인용 소파, 오븐토스터기, 사용하지 않는 스

툴을 반드시 대형폐기물로 내놓겠다고, 12월 달력 칸에
크게 적어둔다.

옮긴이 **박정임**

경희대학교 철학과, 일본 지바대학원 일본근대문학 석사 과정을 마쳤다. 마스다 미리,
다니구치 지로, 온다 리쿠, 미야자와 겐지 등 굵직한 작가들의 작품과 『유곽 안내서』
『은하철도 저 너머에』 『설레는 일 그런 거 없습니다』 등 개성적인 소설들을 번역했다.
최근에는 『지갑의 속삭임』 『욕망과 수납』 『어쩌다 보니 50살이네요』 『이제 좀 느긋하
게 지내볼까 합니다』 등 잔잔한 에세이를 작업하고 있다.

나이듦과 수납
ⓒ 무레 요코 2020

초판 인쇄 2020년 3월 23일 | 초판 발행 2020년 4월 6일

지은이 무레 요코 | 옮긴이 박정임 | 펴낸이 염현숙

책임편집 임혜지 | 모니터링 이희연
디자인·일러스트 신선아 | 마케팅 정민호 이숙재 양서연 박지영
홍보 김희숙 김상만 지문희 우상희 김현지 | 저작권 한문숙 김지영 이영은
제작 강신은 김동욱 임현식 | 제작처 상지사

펴낸곳 (주)문학동네
출판등록 1993년 10월 22일 제406-2003-000045호
주소 10881 경기도 파주시 회동길 210
전자우편 editor@munhak.com
대표전화 031) 955-8888 | 팩스 031) 955-8855
문의전화 031) 955-3578(마케팅) 031) 955-2672(편집)
문학동네카페 http://cafe.naver.com/mhdn | 트위터 @munhakdongne
북클럽문학동네 http://bookclubmunhak.com

ISBN 978-89-546-7116-3 03830

www.munhak.com